Günter Görlich · Eine Sommergeschichte

NEUES LEBEN

Günter Görlich

Eine Sommergeschichte

Verlag Neues Leben Berlin

Illustrationen: Karl Fischer

ISBN 3-355-00431-6

14. Auflage, 1987
Lizenz-Nr. 303 (305/377/87)
Einband: Karl Fischer
Typografie: Doris Ahrends
Schrift: 10p Garamond
Gesamtherstellung: Karl-Marx-Werk Pößneck V 15/30
Bestell-Nr. 641 245 7
00480

1

Das drittemal ging Robert zum Hydranten und schüttete sich einen Eimer Wasser über den Kopf. Er beneidete Marschke, der bei fünfundzwanzig Grad im Schatten nicht einmal die schwarze Zimmermannsweste auszog, die streifte er höchstens ab, wenn die Perlmuttknöpfe oder die silberne Uhrkette in Gefahr gerieten. Die Kette und die Uhr daran waren berühmt. Die Kette sollte hundert Jahre alt sein; Marschkes Großvater, der auch Zimmermann gewesen war, hatte sie auf seiner Wanderschaft in Dänemark von einem Trödler erworben, und der wieder hatte sie von einem Mann gekauft, dessen Vorfahren Seeräuber waren. So jedenfalls erzählte Hermann Marschke. Weniger weit zurück reichte die Geschichte der Uhr. Die hatte den Soldaten Marschke vor dem Tode bewahrt, an ihrem Nickelgehäuse war im letzten Krieg eine Kugel abgeprallt und in den Unterarm gedrungen statt in den Bauch, die Uhr aber war nicht einmal stehengeblieben ...

Unter dem kalten Wasserguß ging Robert ein Lied durch den Kopf: Ohne Wasser, merkt euch das, wär' unsre Welt ein leeres Faß. Er füllte noch einen Eimer.

Als er sich tropfend und prustend aufrichtete, sah er an der Lücke im Bauzaun das Mädchen. Der Fotoapparat an ihrem Hals deutete darauf hin, daß sie in dieser Stadt nicht zu Hause war. Sie hatte genaugenommen schon die Baustelle betreten, obwohl doch Marschke das Schild „Betreten verboten" an den Zaun genagelt hatte und er, Robert, es mit frischer Farbe hatte nachmalen müssen, damit es von keinem übersehen werde. „Mach das bloß anständig", hatte Marschke gesagt, „kannst du dir vorstellen, was passiert, wenn sich hier so ein neugieriger Gentleman das Bein bricht oder sonstige Gräten?"

Das Mädchen aber hatte das Schild nicht beachtet. Anscheinend war sie vom Anblick der Kommode gefesselt. Kommode, das war früher die Königliche Bibliothek, seit über zwanzig Jahren eine ausgebrannte Ruine und im Augenblick eine Baustelle. Eigentlich existierte von dem Gebäude nur noch die rußgeschwärzte Fassade. Die Sandsteinfiguren oben auf dem Sims sahen aus, als wollten sie jeden Augenblick in die Tiefe springen. Hin und wieder polterte ein Stück Putz oder ein Ziegelbrocken herab. Brüchig, brüchig, die ganze Sache. Aber die Kommode hatte eine Geschichte, wußte Robert, eine recht bewegte Geschichte. Besonders überrascht hatte ihn, als er in der Schule erfuhr, daß hier Lenin die Werke von Marx in der Originalsprache studiert hatte, unter den Augen der preußischen Beamten sozusagen. Hinzu kam, daß es das letzte Gebäude Unter den Linden war, das noch an den Krieg erinnerte. Ohne Zweifel auch ein Grund für Touristen, die Baustelle zu betrachten.

Das Mädchen trat noch ein paar Schritte vor, kletterte auf einen Stapel schwerer Betonteile und schaute sich von dieser Höhe aus um. Dann fotografierte sie die Fassade.

Robert bemerkte, daß das Geräusch der Motorwinde verstummt war, am Bohrbock wurde nicht mehr gearbeitet. Peter Glomm schwenkte seinen Schutzhelm mit komischen Bewegungen, als wollte er die Fremde auf dem Betonstapel grüßen. Robert hörte Gelächter und konnte sich gut vorstellen, was der lange Glomm jetzt rief. Hallo, Kleine! vielleicht, oder hallo, Süße! In dieser Hinsicht war sein Wortschatz etwas dürftig, doch ihm machte es Spaß, wenn darüber gelacht wurde. Triumphierend schaute er dann in die Runde, als wollte er sagen: Na, wie bin ich? Der große Don Juan Peter Glomm hatte zu Hause eine Frau und vier Kinder.

Dieter Schmidt dagegen, zwei Kopf kleiner als Glomm, hatte sich den Schutzhelm auf die Nase geschoben und stützte sich auf eine Brechstange. Seine Bemerkungen in solchen Situationen waren anderer Art. Über die lachte man eine Weile später, weil einem erst dann ihre hintergründige Frechheit aufging. Robert bedauerte sehr, daß er im Augenblick zu weit entfernt war und Schmidts Lästerreden nicht verstehen konnte. Er hätte auch gern selbst etwas zur allgemeinen Belustigung beigesteuert. Es war sozusagen ungeschriebenes Recht der Leute auf den Baustellen, sich auf diese Weise von Zeit zu Zeit eine kleine Unterhaltung zu verschaffen.

Hermann Marschke allerdings teilte diese Ansicht nicht. Er hatte einmal gesagt: „Ich möchte auch nicht angepflaumt werden, wenn ich irgendwo vorbeikomme. Und wenn ich an eure Frauen denke und an meine Tochter? Na, Leute. Man macht sich ja ein Bild von uns."

Marschkes Haltung beeinträchtigte das Vergnügen, zumal man zugeben mußte, daß er recht hatte, und da er außerdem der Brigadier war, versuchte man sich zu zügeln. Heute aber war es zu heiß, heute kochte das Blut, heute brauchte man ein Ventil. Und das Mädchen auf dem Stapel war was Besonderes. Auch Marschke konnte sie nicht übersehen, schließlich stand sie mit ihren schönen Beinen auf recht gefährlichem Terrain, hatte das frischgemalte Verbotsschild einfach nicht zur Kenntnis genommen, und Arbeitsschutz war schon immer Marschkes Steckenpferd.

Robert sah, wie sich Marschke dem Stapel näherte, die Daumen in die Weste eingehakt, was immer ein Zeichen dafür war, daß er Kritik anbringen wollte. Glomm und Schmidt begleiteten ihn, offensichtlich erwarteten sie nun doppeltes Vergnügen. Außerdem konnten sie den hübschen Eindringling aus der Nähe betrachten. Nur Norbert Bogner blieb auf dem ausrangierten Wohnzimmerstuhl neben der Bohrwinde sitzen und lächelte. Was die unternahmen, war ihm alles zu anstrengend. In dieser Hitze! Lächeln genügte.

Robert streifte sich das Wasser vom Körper und aus dem Haar und rannte zur Bauzaunlücke. Er hörte, daß Marschke der Fremden etwas zurief. Die blickte von ihrem Stapel auf die Männer hinab, drehte sich dann um und sprang ganz leicht auf der anderen Seite herunter. Die drei starrten auf den leeren Stapel, Glomm kletterte sogar hinauf, dabei hätte er nur einen Schritt zur Seite zu treten brauchen, um das Mädchen am Bauzaun zu entdecken, schon außerhalb der Baustelle. Nun verletzte sie keine Sicherheitsbestimmungen mehr, und für Hermann Marschke war der Fall erledigt. Er sagte zu Glomm, der noch immer auf dem Plattenstapel stand: „Brich dir bloß nicht das Genick. Denk an deine Kinder."

Schmidt schulterte die Brechstange und bemerkte: „Den erwischt's doch immer gleich so stark. Dem fallen bald die Augen aus, als hätte der arme Hund noch nie 'ne Frau gesehen."

„Na, hör mal", sagte Glomm.

Das Mädchen musterte die Männer noch einmal und entfernte sich dann zur Straße.

In diesem Moment war Robert angekommen. Er sprang durch die Zaunlücke und blickte dem Mädchen nach. Er sah vom schwachen Luftzug leicht bewegtes blondes Haar, eine

schlanke Figur, schlenkernde Arme. Zeit hat sie, das Bauwerk hat sie fotografiert, und nun läuft sie weiter, anderen Sehenswürdigkeiten, anderen Erlebnissen auf der Spur. Die Männer, die sie auf der Baustelle für einen Augenblick gesehen hat, wird sie bald oder schon jetzt vergessen haben: den

Langen, der so komisch seinen zerkratzten Schutzhelm vor ihr schwenkte, den Untersetzten, der die Brechstange wie ein Spielzeug in der Hand hielt, und auch den Älteren, der eine schwarze Weste trug an diesem heißen Julitag. Vielleicht hat ihr Blick auch noch den Bohrbock gestreift, das herumliegende Arbeitsgerät, die Winden, den Betonmischer, vielleicht hat sie das alles in Zusammenhang gebracht mit der eingehend betrachteten Ruine und hat gedacht: Man baut auf. Vielleicht ist ihr Blick eine Weile sogar an Norbert Bogner hängengeblieben, weil er auf dem ausrangierten Wohnzimmerstuhl saß und lächelte.

Nur ihn, Robert, der vom Hydranten herbeigestürzt kam, hat sie nicht gesehen. Er blickte ihr nach und hatte wie schon manchmal das Gefühl, etwas versäumt zu haben. So viele Menschen gingen täglich an ihm vorüber, die er nur flüchtig sah, die aber vielleicht für ihn etwas bedeuten könnten. Er lehnte am Bauzaun, an dem Plakat, das für die Centrum-Warenhäuser warb, und dachte: Bald ist sie im Gewühl der Straße verschwunden. Und ich weiß nicht, wer sie ist. Ich weiß nur, daß sie jung ist, blondes Haar hat, wie eine Katze klettert, die Männer aufmerksam ansieht, wenn die auch nicht sehr höflich sind.

Das Mädchen überquerte die Fahrbahn, verweilte einen Augenblick auf dem Mittelstreifen und ging dann hinüber zur Universität. Hinter Robert begann die Winde zu kreischen, der Bohrmeißel knirschte im Rohr; die Bohrung war schon tief im Erdboden.

Robert zog sein Hemd über den nassen Körper und lief an die Straße. Er sah das Mädchen vor dem Universitätsportal stehen und unschlüssig von einem Humboldt zum anderen schauen, bis es sich für den Alexander entschied und sich auf dem Sockel niederließ.

Ein Doppelstockbus hielt und nahm Robert die Sicht. Er rannte hinüber, er befürchtete, das Mädchen würde in den Bus steigen und davonfahren, aber es saß noch unter der Marmorfigur. Robert setzte sich auch auf den Sockel, es war genug Platz.

Verwundert blickte ihn das Mädchen an. Sein Aussehen war ja auch seltsam hier auf der von vielen Touristen belebten Straße. Die betonbespritzte Arbeitshose, das nasse

Hemd, seine wirren Haare. Robert verlor unter dem prüfenden Blick allen Mut. Doch er schwor sich, nun gerade aufs Ganze zu gehen. Zudem sah er, daß seine Nachbarin sehr jung und sehr hübsch war. Hübsch war vielleicht nicht der richtige Ausdruck. Was ihn überraschte, waren ihre dunklen Augen. Eigentlich paßten zu solch blondem Haar nur blaue Augen. Das Gesicht war kühl und hell, aber die dunklen Augen belebten es mit einem ungewöhnlichen Feuer.

„Haben wir Sie sehr geärgert?“ fragte Robert.

„Geärgert? Sie? Wie kommen Sie darauf?“

„Ich gehöre zu denen da drüben“, sagte er und wies zur Baustelle hinüber, dort schwenkte gerade der Stauchbohrer, glänzte feucht in der Sonne. Seine Leute waren vom Bauzaun verdeckt, nur die Brechstange schwang durch die Luft. Da war Schmidt am Werk.

„Ach so, Sie gehören zu denen. Ich hab Sie aber nicht gesehen.“

Er hatte also recht gehabt, sie hatte ihn nicht gesehen.

Sie betrachtete ihn jetzt genauer. Wieder dieser prüfende Blick, der ihn verlegen werden ließ. Es kostete ihn Mühe, seine Befangenheit abzuschütteln.

„Sie müssen es uns nicht übelnehmen, wenn wir flachsen. Das ist so üblich, wenn's auch nicht schön ist. Aber stellen Sie sich mal vor, bei der Hitze! Und Faulschlamm holen wir raus. Eine Brühe! Man wundert sich, auf was für einem Zeug diese Stadt steht. Na, und dann kommen Sie und klettern auf die Betonteile. Das schmeißt einen ja um. Da muß was gesagt werden.“

Sie lachte. „Wer sagt Ihnen denn, daß ich was übelnehme?“

„Na, ich weiß nicht“, sagte Robert, „Sie haben so einen Blick.“

„Ich hab so einen Blick? Aber ich muß mir doch die Leute ansehen, mit denen ich es zu tun habe.“

„Klar. Das müssen Sie. Wär ja auch schade, wenn Sie das nicht täten.“

Das Mädchen schaute ihn nachdenklich an. Robert kratzte einen Betonfleck von der Hose, obwohl das natürlich unsinnig war, denn wollte er alle Flecke beseitigen, hätte er zwei Tage damit zu tun gehabt.

„Und Sie sind mir nachgelaufen, um mir das zu sagen?"

„Was ich sagen wollte, wußte ich nicht, aber ich wollte Sie sehen. Ich war nämlich gerade ein Stück abseits, als Sie auf den Betonteilen herumturnten. Ich bin zu spät gekommen. Sie sprangen so schnell runter. Wissen Sie, ich hätt's nicht ertragen, Sie nur von weitem zu sehen. Eine schlimme Sache, diese Neugier."

Nach einer Weile sagte das Mädchen: „Nun haben Sie mich ja aus der Nähe gesehen."

„Ja", sagte Robert.

„Und jetzt müssen Sie wieder an die Arbeit gehen."

„Ja, das muß ich. Marschke, unser Brigadier, wird schon warten. Der ist genau. Aber ich erzähl ihm von Ihnen, dann verzeiht er mir. Und dann hau ich ran und hol alles auf." Er schlug sich auf die Schenkel, als wollte er das Gesagte bekräftigen. Eine Zementstaubwolke stieg auf. Das Mädchen verzog keine Miene.

„Entschuldigung", sagte Robert, „ich bin ein Hammel. Müssen Sie nicht niesen?"

„Sie sehen, ich muß nicht."

Ein Bus stoppte an der Haltestelle, er neigte sich ein wenig zur Seite.

„Das sieht ja gefährlich aus", meinte das Mädchen.

„Ist aber nicht. Sind Sie schon mal oben gefahren?"

„Nein."

„Das müssen Sie unbedingt. Als Kind war's eins meiner schönsten Erlebnisse. Hätt ich Zeit, würde ich Sie einladen zu einer Rundfahrt. Sind Sie zum erstenmal hier?"

„Ja, zum erstenmal. Ein paarmal durchgefahren bin ich zwar schon. Dabei lernt man aber keine Stadt kennen. Das zählt ja nicht."

„Und? Wie gefällt Ihnen Berlin?"

„Ich bin den ersten Tag hier", sagte das Mädchen. „Unter den Linden wollte ich mit meiner Exkursion beginnen. Nun bin ich eine Stunde unterwegs und schon müde."

„Sie müssen sich in den Schatten setzen", meinte Robert, „im Universitätshof stehen Bäume."

Drüben über dem Bauzaun tauchte am Bohrbock erneut der Stauchbohrer auf, auch die Brechstange blitzte, und Robert meinte den hellen Klang zu hören, der erzeugt wird, wenn Metall auf Metall schlägt, obgleich das doch völlig unmöglich war bei dem Verkehr und dem Lärm auf der Straße. Marschke würde schon unruhig sein. Und er saß hier auf dem Sockel und tat, als hätte er Urlaub. Da sah er einen Eisverkäufer und sprang auf.

„Warten Sie einen Augenblick. Ich bin gleich wieder hier. Halten Sie den Platz frei. Wenn es einer wagen sollte, sich an Ihre Seite zu setzen, warnen Sie ihn. Ich setze ihn dem Humboldt auf den Schoß."

Robert fand in seiner Tasche ein Markstück und kaufte für das Mädchen eine Waffel zu sechzig und für sich eine zu vierzig.

Der Platz auf dem Sockel war noch frei.

„Bitte", sagte Robert und verbeugte sich, „von einem Berliner Bauarbeiter. Ist das nichts?"

„Das ist viel", sagte das Mädchen, „schönen Dank auch."

Das Eis schmolz schnell. Roberts Nachbarin hatte vollauf damit zu tun. Er betrachtete sie verstohlen, und er hätte jetzt schwören können, sie sei das schönste Mädchen, das ihm jemals begegnet war.

Ein Schatten störte ihn, und er blickte unwillig auf. Ein Mann, behängt mit zwei Kameras, beugte sich herab und sagte: „Tun Sie mir den Gefallen, rücken Sie etwas zusammen. Ein entzückendes Motiv. Reuter ist mein Name, Bildreporter. Also bitte, eine Kleinigkeit nur."

Robert rückte näher an das Mädchen heran. Der Fotograf kniete zehn Schritt entfernt auf den Steinen, mit dem freien Arm Passanten verscheuchend, die in sein Schußfeld hineinlaufen wollten. Er knipste, drehte und knipste, und die beiden saßen da, die Eiswaffeln in der Hand, und blinzelten in die Sonne. Der Bildreporter Reuter sagte im Ton tiefer Befriedigung: „Das wär mal wieder gelaufen. Prächtig, prächtig. Die Kontraste, das Motiv. Unter dem ehrwürdigen Alexander von Humboldt zwei junge Menschen. Sie blond, er dunkel. Also, schönen Dank."

Die beiden Fotomodelle sahen sich an und lachten.

„Und Sie glauben, das ist was geworden?" fragte Robert.

Reuter hantierte an seiner Kamera, holte ein fertiges Bild heraus und gab es Robert.

„Überzeugen Sie sich. Ich schenk's Ihnen. Ich bin sicher, das zweite ist genauso geworden, wenn nicht besser. Adieu!"

Und Bildreporter Reuter entfernte sich eilig.

Robert hielt das Foto in der Hand. Das Mädchen neigte sich herüber. Tatsächlich, das Bild war gelungen. So eng hatten sie vor wenigen Minuten nebeneinandergesessen.

„Es sieht so aus, als gehörten wir zusammen", sagte Robert.

„Ich finde aber, es sieht so aus, als gehörten wir nicht zusammen. Da ruhen sich zwei Leute aus und schlecken Eis, und jeder denkt an irgend etwas, was nur ihn allein angeht."

„Wieso", protestierte Robert, „es können zwei zusammengehören und an was Verschiedenes denken. Kommt alles vor."

„Aber wir wissen, wie es in Wirklichkeit ist."

Er schwieg eine Weile.

„Wer darf's nun behalten?" fragte er.

Das Mädchen nahm es ihm aus der Hand.

„Ganz nett, wäre ein schönes Andenken."

„Ich schenk's Ihnen", sagte er.

Jetzt lachte sie laut.

„Sie sind unheimlich großzügig. Wir können ja das Los entscheiden lassen."

„Ich verzichte", sagte er, „Sie haben dann wenigstens eine Erinnerung an den komischen Kerl, der Ihnen hier eine Weile auf den Wecker gefallen ist."

„Komisch sind Sie nicht, eher lustig."

„Freut mich, Tatsache, freut mich", sagte er, „Sie behalten also unser Foto? Wie heißen Sie denn?"

„Anke."

Er sah sie an. „Der Name paßt zu Ihnen."

„Meinen Sie?"

„Natürlich paßt er zu Ihnen."

„Und wie heißen Sie?"

„Mein werter Name ist Robert."

„Sie haben aber auch einen passenden Namen."

Robert lächelte. „Das sagt meine liebe Mama ebenfalls. Und ich glaub's natürlich auch. Ist es nicht schön, wie übereinstimmend unsere Gedanken sind?"

„Das ist's. Aber Sie denken jetzt sicher wie ich, daß Sie rüber müssen zu Ihren Leuten."

„Wollen Sie mich loswerden?"

„Ich nehme an, daß Sie ein pflichtbewußter Mensch sind."

„Das stimmt auffallend. Und doch ist es schade, daß ich jetzt rüber muß. Sehr schade."

Robert rieb wieder mechanisch an den Flecken seiner Arbeitshose. „Warum sind Sie vorhin auf den Betonstapel geklettert? Interessiert Sie das alte Bauwerk wirklich so sehr?"

„Natürlich. Aussicht, daß mir jemand eine Portion Eis spendiert, hatte ich noch nicht."

Robert sagte: „Ich mach Ihnen einen Vorschlag. Ich zeig Ihnen nach Feierabend die Kommode. Sie sollen sie aus nächster Nähe sehen."

„Das wollen Sie machen?"

„Selbstverständlich. Für liebe Gäste unserer Stadt ist mir nichts zuviel. Aber einen Helm brauchen wir für Sie. Welche Kopfgröße?"

„Kopfgröße? Dreiundfünfzig, glaub ich."

„Dreiundfünfzig", wiederholte Robert und überlegte: „Wir haben größere Schädel. Na, wir werden die Sache schon schaukeln. Ich verpasse Ihnen einen schönen Helm."

„Wann ist denn Feierabend?"

Robert schlug vor: „Um drei treffen wir uns hier am Onkel Humboldt."

„Und zeigen Sie mir alles dort drüben?"

„Ich verspreche es hoch und heilig." Er sprang auf und legte die Hand aufs Herz. Dann rief er: „Tschüs. Bis dann!"

Er lief über die Straße, sah erneut die Brechstange über dem Bauzaun aufblitzen. Das mahnte ihn zur Eile. Am Zaun aber drehte er sich noch einmal um. Der Sockel war leer.

Als er die Baustelle betrat, nahm keiner von ihm Notiz, der Stauchbohrer hatte sich verklemmt, und die Winde war blockiert. Robert packte mit zu. Es war eine Schinderei, und sie fluchten schrecklich.

„Der krumme Hund kommt auf den Schrott", sagte Schmidt. Das half, die gemeinsame Anstrengung und das Fluchen.

Marschke zündete sich eine Zigarette an und sagte: „Besser aufpassen, dann passiert so was nicht."

Dagegen war nichts einzuwenden, und so erwiderte auch keiner etwas auf diese Bemerkung. Robert ließ seine Zigarettenschachtel reihum gehen.

Marschke betrachtete ihn nachdenklich, es sah aus, als wollte er etwas sagen, doch dann ging er beiseite und prüfte eingehend die Bohrwinde. Schmidt aber blinzelte zu Robert hoch und sagte: „Willst du sie heiraten, die Hübsche?"

„Du bringst mich auf einen Gedanken", meinte Robert, „so was hab ich noch gar nicht ausprobiert."

Er stieß Glomm an. „Wie ist denn das, du hast doch Erfahrungen, wird man ein besserer Mensch, wenn man verheiratet ist?"

Glomm döste in der Hitze, hatte entweder die Frage nicht verstanden oder dachte über sie nach, denn sie berührte ein Grundproblem seines Daseins.

Schmidt half ihm auf seine Art. „Was fragst du denn? Jeder sieht doch, was für ein guter Mensch er ist. Er teilt die Mark selbstlos durch sechs. Und du? Du bist ein miserabler Egoist."

„Da habt ihr's ganz genau", sagte Glomm.

Marschke war wieder herangekommen und sagte: „Heute haben wir Montag. Am Freitag bauen wir hier ab. Wir fangen am Alex an. Es ist nun soweit."

„Und hier?" fragte Bogner, „wer macht das hier zu Ende?"

Marschke sah Bogner an und sagte: „Wir. Bis Freitag."

„Ist das zu schaffen?"

„Das müssen wir schaffen, wird aber nicht leicht sein."

„Schicken wir ein Telegramm an den Wetterboß", schlug Schmidt vor. „Soll seinen Brutofen abschalten."

Robert dachte an Anke. Wie groß ist sie eigentlich? Ist sie größer als ich?

„Na, dann mal ran", hörte er Glomm sagen.

Wie viele Bohrpfähle hatten sie hier noch in den Erdboden zu treiben? Marschke sagte: „Träum nicht, Robert."

Gegen Mittag sprang das Seil oben am Bohrbock aus der Rolle, und Robert kletterte hinauf, um den Schaden zu beheben. Als er die Arbeit beendet hatte, blickte er zur Universität hinüber, zum Denkmal Alexander von Humboldts. Der Sockel besaß anscheinend starke Anziehungskraft, er war wieder besetzt. Was hatten die Leute dort zu suchen? Er würde ein Schild anfertigen: Reserviert.

Und wenn sie nicht käme?

Von unten pfiff es gellend. So konnte nur Schmidt pfeifen. Robert kletterte nach unten.

„Das nächstemal steigst du hoch", sagte er zu Schmidt. Der grinste: „Warum? Dir hat's doch gut gefallen da oben."

„Kümmere dich mal um den Mischer", sagte Marschke, „da ist was nicht in Ordnung. Wir können uns keine Panne erlauben beim Betonieren."

Robert ging zum Mischer hinüber. Es war erst Mittag. Jetzt saß sie vielleicht in einem Café. Eiskaffee war genau das richtige bei diesen Temperaturen. Wenn sie aber nicht im Café saß, wenn sie schon über alle Berge war? Für sie konnte die kleine Episode längst vergessen sein. Da hatte sich einer neben sie gesetzt und dußlig gequatscht, so was war ihr bestimmt nicht zum erstenmal passiert.

Wütend schlug er mit dem Hammer auf die Mischertrommel ein. „Die muß saubergemacht werden", brüllte er und riß die abgeschlagenen Betonreste heraus.

Marschke kam herüber.

„Warst du nicht Freitag am Mischer?"

Robert kroch fast in die Trommel hinein und kratzte schweigend.

2

Eigentlich wollte er bis drei Uhr warten und dann hinüberschlendern zur Universität, ganz ruhig und gelassen; aber er hielt es nicht aus, er kletterte auf das Dach des Arbeitswagens, die spöttischen Bemerkungen seiner Kumpel störten ihn nicht, er mußte zur Universität hinübersehen. Anke war noch nicht dort. Und es war schon halb drei.

Wie ein Film rollte das Leben drüben auf der Straße vor seinen Augen ab. Eine Menge Autos gab es zu sehen und eine regelrechte Sommermodenschau. Aber die Hauptperson fehlte. Und so war der Film eben schlecht.

Die Enttäuschung konnte er nicht verbergen. Sie äußerte sich darin, daß er Dieter Schmidt zu einem Bier einlud. Er wollte sich bei dessen spöttischen Bemerkungen über das weibliche Geschlecht trösten.

Aber Schmidt sagte: „Es ist ja noch eine halbe Stunde Zeit. Mein Gott, in einer halben Stunde läufst du zweimal die Linden auf und ab."

Er hatte recht, und Robert war ihm dankbar. Dann wunderte er sich aber, wieso Schmidt denn wußte, daß er sich mit der hübschen Fremden um drei verabredet hatte. War er ihm nachgeschlichen und hatte, verborgen hinter dem Humboldt, gelauscht?

Als alle im Aufbruch waren, sagte Marschke zu Robert: „Vergiß nicht abzuschließen." Dann fragte er: „Sehen wir uns heute noch?"

Robert hatte nicht richtig hingehört, er stand vor dem halbblinden Spiegelrest und kämmte sich mit einer Sorgfalt, als müßte er irgendwo als Schlagerstar auftreten. „Heute? Kaum."

Da ging auch Marschke. Später erst wurde Robert der Sinn der Frage klar, aber das half dann auch nichts mehr.

Robert wohnte in Hermann Marschkes Nachbarschaft. Schon immer. Marschke kannte Robert schon, da war der noch ein Schuljunge. Er besorgte Robert die Lehrstelle als Brunnenbauer nach der 10. Klasse. Es ging auch ums Geld dabei. Roberts Mutter war Marschke sehr dankbar. Sie wohnten im Stadtteil Prenzlauer Berg in einer Nebenstraße. Von ihrer Wohnung, Hinterhaus vier Treppen, konnte er Marschkes Küchenfenster sehen, auch Hinterhaus vier Treppen im Nachbarhof, und dazu noch ein Fenster, das für ihn zeitweise eine gewisse Bedeutung hatte. Dort dehnte und reckte sich an manchem Morgen und manchem Abend Marschkes Tochter Monika. Sie gehörte in ihrem Betrieb der Gymnastikgruppe an. Als Kinder hatten Robert und Monika eine Morseverbindung mit Taschenlampen geschaffen. Monika war es schwergefallen, das Morsealphabet zu erlernen. Später erzählten sie sich auf diesem Wege allerhand

Unsinn, und es machte großen Spaß. Die Morseverbindung brach ab, als Monika in ein Internat kam. Sie hatte Aussichten, sportliche Ehren zu erlangen. Berechtigte Aussichten. Vor einem Jahr war sie dann plötzlich zurückgekommen und baute seitdem Kofferradios zusammen. Was da an der Sportschule gewesen war, erfuhr Robert nicht. Seine Besuche bei Marschkes wurden in den letzten Monaten wieder häufiger. Doch die erprobte Morseverbindung hatten Monika und er nicht wieder aufgenommen. –

Kurz vor drei schloß Robert den Arbeitswagen ab. Als er durch die Lücke im Zaun die Baustelle verließ, waren die Zweifel wieder da. Wenn sie ihn nun bequem abgehängt hatte? Das wäre nur recht. Was sollte der Zirkus?

Dann sah er sie. Er rannte über die Straße, ein Wolga hupte. Sie saß auf dem Sockel unter dem Alexander und lehnte sich an den Marmor. Robert ging langsamer, suchte Deckung hinter einer Touristengruppe, die sich um ihren Führer scharte.

Sie war also doch gekommen. Warum auch nicht?

Er blieb eine ganze Weile ein paar Meter von ihr entfernt stehen. Sie erkannte ihn nicht. Vielleicht blendete sie die Sonne, oder sie erwartete, ihn in Arbeitshose und nassem gelbem Hemd zu sehen. Er trat auf sie zu und sagte: „Sind Sie eingeschlafen?"

Überrascht und auch ein bißchen verwirrt blickte sie auf.

„Da sind Sie ja! Stehen Sie schon lange so vor mir?"

„Ja", sagte er, „ich wollte Ihre Ruhe nicht stören."

Sie musterte ihn.

„Ich hab Feierabend", sagte er.

„Ja natürlich. Vorhin sahen Sie anders aus. Ist ja klar."

Sie standen voreinander, und der selbstbewußte Robert war plötzlich am Ende seines Lateins.

„Und was nun?" fragte sie.

„Ich zeige Ihnen unsere Baustelle."

„So war's abgemacht."

Sie überquerten die Straße, Robert achtete sorgsam auf die Autos, und diesmal brauchte kein Wolga zu hupen.

An der Bauzaunlücke betrachtete sie das Schild, auf dem „Betreten verboten" geschrieben stand.

„Das hab ich heute vormittag schon gesehen. Ich konnt's

aber nicht lassen, auf den Stapel zu klettern. Von dort hat man einen schönen Überblick."

„Also eine bewußte Übertretung", sagte er, „sind Sie sich klar, daß es hierauf eine Geldstrafe bis zu tausend Mark geben kann?"

„Tausend Mark? Hilfe! Ich bin arm wie eine Kirchenmaus."

„Dann werden Sie eingelocht. Ohne Gnade."

„Wo ist das Gefängnis? Dort gibt's bestimmt jeden Tag Erbsensuppe. Die esse ich aber nicht."

„Wir haben unsere eigene Justiz", sagte Robert, „zwei Wochen Arrest in unserem Arbeitswagen sind für Täter Ihrer Art vorgesehen. Sie müssen uns Kaffee kochen, Bier holen, für unseren lieben Glomm Pfannkuchen. Wehe, Sie bringen nicht die richtigen. So was verschärft das Strafmaß."

„Ist das alles?" fragte sie.

„Nein. Noch lange nicht. Sie müssen Karten spielen lernen. Skat steht an erster Stelle."

„Skat kann ich."

„Keine Angst, es gibt noch andere Aufgaben. Wenn wir schlechter Laune sind, müssen Sie uns was vorsingen oder Witze erzählen. Im übrigen, denken Sie nicht etwa, daß Sie uns hier entkommen. An Ihrem Fußgelenk wird ein Drahtseil befestigt. Wo Sie auch hingehen, wir haben Sie immer an der Strippe."

„Ich sehe ein, ich bin verloren, denn singen kann ich nicht, und über Witze muß ich zwar lachen, aber ich behalte sie nicht."

Robert lachte und sagte: „Wir wollen mal nicht so sein und Sie begnadigen."

„Danke", sagte sie, „und jetzt will ich hier von Ihnen was wissen."

Sie standen am Arbeitswagen. Auf der Baustelle war es still, nur hinter der Fassade arbeiteten Maurer am Ausbau des alten Gebäudeteils. Robert hätte gerne noch so weiter gealbert. Damit konnte er am besten seine Verlegenheit verbergen. Doch er gab sich einen innerlichen Ruck und begann: „Was Sie hier vor sich sehen, ist die Kommode. Das heißt, diesen Namen hat der Berliner geprägt, früher war hier die Königliche Bibliothek."

„Seien Sie nicht böse“, unterbrach Anke, „das weiß ich. Das steht alles in meinem Reiseführer.“

„Dann ist es ja gut. Da wissen Sie vielleicht mehr als ich.“ Er schwieg unsicher.

Sie betrachtete ihn aufmerksam.

„Was machen Sie denn hier, Sie und Ihre Freunde?“

„Was wir hier machen?“ fragte er verblüfft, „es wird Sie langweilen, wenn ich Ihnen das erzähle.“

„Da irren Sie sich aber.“

„Wir bohren Löcher in die Erde und gießen Beton rein. Das ist alles.“

„Und warum?“

„Damit die alte Kommode nicht umfällt. Morsch ist das Ding sowieso. Und der Boden ist hier nicht gerade fest. Sieht man ihm nicht an. Aber es ist so. Sieht alles solide aus. Aber ohne unsere Betonplomben ist nichts mehr zu machen.“

„Betonplomben?“

Oh, sie war hartnäckig.

„Hab ich erfunden. Kein Fachausdruck.“

„Aber treffend.“

Sie sah sich neugierig um. Robert fiel auf, daß sie alles ruhig tat. Ihr Blick ging ohne Hast von einem Gegenstand zum anderen.

„Und das hier ist Ihr Wagen? Warum haben Sie ein so großes Schloß vor der Tür? Sind Schätze da drinnen?“

„Wie man's nimmt. Gummistiefel zum Beispiel, mein nasses Hemd, Spielkarten und so was.“

Robert hatte schon die Befürchtung, sein Gast könnte den Wunsch äußern, sich den Arbeitswagen von innen anzusehen. Bei dem Gedanken wurde ihm heiß. Das Wageninnere war eine schwache Seite der Brigade. Marschke hatte es noch nicht geschafft, seine Leute zur Ordnung zu erziehen. Warum war Robert bloß vorhin nicht auf den Gedanken gekommen aufzuräumen? Er nahm sich vor, einen solchen Wunsch einfach zu überhören. Der Wagen blieb tabu. Der Schlüssel würde nicht zu finden sein. Aber Anke interessierte das mächtige Vorhängeschloß.

„Das ist ja bemalt. Eine rote Teufelsfratze. Haben Sie auch Künstler in Ihrer Brigade?“

„Ja, einen bedeutenden sogar. Dieter Schmidt heißt er. Er

ist heute vormittag auch auf Sie zumarschiert, um Sie von unserem heiligen Boden zu vertreiben. Der mit der Brechstange, der kleine Dicke."

„Ach der", sagte Anke, „der hat zu mir hochgeblinzelt. Das sah recht lustig aus."

Sieh an, dachte Robert, der Schmidt, der Frauenverächter, blinzelt dieses Wesen hier an.

„Hat er die Fratze gemalt, um Einbrecher abzuschrecken?"

„Nicht gerade. Das war ein politischer Akt sozusagen."

„Ein politischer Akt? Weshalb ist der rote Teufel politisch?"

Und Robert erzählte ihr die Geschichte mit dem Vorhängeschloß. Sie passierte im vergangenen Sommer. Sie waren zehn Tage in Westberlin eingesetzt. Das heißt, genaugenommen war das nicht Westberlin. Sie befestigten Uferanlagen am Reichstagsufer. Das Gebiet gehört zur Republik. Es fanden sich jeden Tag dieselben Neugierigen ein. „He, ihr, Zigaretten gefällig? Tafel Schokolade? Bleibt bei uns. Wir brauchen solche wie euch. Könnt klotziges Geld verdienen bei uns."

Das übliche. Die Marschkes reagierten nicht, wie sie es abgesprochen hatten, bis dann eines Tages jemand an den Wagen geschmiert hatte: „Freiheit" und „Brüder" und „Nieder mit den Kommunisten". Den Wagen hatten sie aufgebrochen und alles durcheinandergeworfen. Da hielt sich Dieter Schmidt nicht mehr an die Disziplin, die Marschke ihnen ans Herz gelegt hatte: „Nicht provozieren lassen. Einfach Ruhe bewahren. Die lassen's sein, wenn sie merken, daß bei uns nichts zu ernten ist."

Also, diese vernünftige Mahnung vergaß Dieter Schmidt und brachte eines Tages eine rote Fahne mit. Er befestigte sie an einer hohen Latte am Wagen. Sofort war der Funkwagen zur Stelle. Die Polizisten störten die Arbeit. Und dann wollten sie die Fahne herunterholen. Das tat Hermann Marschke nun lieber selber. Er sagte nachher: „War Unsinn. Ist nicht das Wesentliche. Unsere Ruhe bringt sie mehr aus dem Häuschen."

Schmidt aber murrte: „Denen muß man's zeigen."

Am nächsten Tag brachte er das riesige Vorhängeschloß mit. Er hatte die rote Teufelsfratze darauf gemalt. Er verzierte auch noch jede Wand des Arbeitswagens mit einer solchen knallroten Fratze. Die waren weithin zu sehen. Die Funkwagenstreife aber hatte keinen Grund mehr, dort herumzuschnüffeln. Bald kamen die Neugierigen wieder und betrachteten die Teufel. Schmidt stellte sich vor sie hin und sagte: „Na gefallen sie euch? Da könnt ihr ja zufrieden sein." Von da an hatten sie Ruhe am Reichstagsufer. Als sie zurückkamen, mußten sie die Teufelsfratzen abkratzen. Das war eine Heidenarbeit. Aber Marschke bestand darauf. Nur das Vorhängeschloß durfte so bleiben. Anke hob das schwere Schloß und ließ es gegen die Wagentür knallen.

„Solche seid ihr also", meinte sie.

„Wieso solche?"

„Eine berühmte Truppe. Die roten Teufel."

Sie hängte ihre Basttasche an die Türklinke und setzte sich auf die Stufen des Arbeitswagens.

„Sie haben mir vorhin was versprochen“, sagte sie. Ihre Art verwirrte ihn. Sie benahm sich, als wäre es für sie gar nichts Besonderes, sich hier auf der Baustelle herumzutreiben.

Weil er keine Antwort gab, sagte sie: „Schon vergessen, was Sie mir versprochen haben?“

„Ich hab's vergessen“, gestand er, „und dann ist es so heiß heute und Ihr Anblick auf den Stufen unseres Wagens so ungewohnt. Das ist noch nie passiert, ich schwöre, daß auf den Stufen ein weibliches Wesen gesessen hat.“

„Einen Helm haben Sie mir versprochen. Sie waren sehr besorgt um meine Sicherheit.“

„Ach ja, der Helm.“ Und nun mußte er doch an das Vorhängeschloß heran, mußte den Wagen öffnen und Bogners Helm herausholen, denn nur der konnte ihr passen. Anke bewies Taktgefühl. Sie warf nicht einen einzigen Blick in das Innere des Wagens, als hätte sie Roberts Befürchtungen erraten. Vielleicht war sie wirklich nicht neugierig. Aber gab es das, daß eine Frau nicht neugierig war?

Er holte Bogners Schutzhelm heraus, seinen hatte er sich schon auf den Kopf gestülpt, und überreichte ihn Anke. Mit Bogners Helm war Staat zu machen. Er war noch weiß, das Abzeichen des Tiefbau-Kombinats hob sich deutlich ab.

Anke setzte ihn gleich auf.

„Paßt“, sagte sie, „jetzt verstoßen wir also nicht mehr gegen Vorschriften. Der Hut ist aber leicht. Ich hatte mal einen auf, der war schwerer.“

„Wieso hatten Sie schon mal einen auf?“

„Auf der Werft muß man auch Schutzhelme tragen. Wußten Sie das nicht?“

Das war anscheinend alles, was sie Robert darüber mitteilen wollte. Wieso war sie denn schon auf einer Werft gewesen? Aber warum nicht. Man kann manches besichtigen, das wußte er aus seiner Schulzeit; Brauereien zum Beispiel, Elektrogerätewerke, Museen, Treibhäuser, Schweinemastställe, Straßenbahnhöfe. Und doch, ihre Bemerkung hatte ihn neugierig gemacht, und dazu ihre Sprechweise. Anke mußte aus dem Norden kommen. Irgendwoher aus dem Norden.

„Also, ich bin bereit“, sagte sie, „oder haben Sie die Lust verloren?“

Er hatte nicht die Lust verloren. Im Gegenteil. Der Helm

verwandelte das Mädchen. Es sah ein wenig hilflos aus und auch lustig. Das helle Sommerkleid, die Sandalen und über ihrem Gesicht der weiße Helm.

„Was soll ich Ihnen zeigen? Über die Kommode wissen Sie ja Bescheid."

„So im allgemeinen bloß", meinte Anke, „ich möchte wissen, wie sie wieder aufgebaut wird."

Er führte sie an das Gebäude heran. Am Giebel oben hatte man schon begonnen, fehlende Figuren zu ersetzen. Die hellen Stellen in der dunklen Fassade wirkten wie Flicken auf einem alten Kleidungsstück. Er zeigte dem Mädchen die Arbeitsplätze der Steinmetze. Sie betastete den rauhen Sandstein.

„Muß ein interessanter Beruf sein, dazu gehört auf jeden Fall Talent."

„Die haben Zeichnungen", sagte er, „und danach klopfen sie Stück für Stück aus dem Stein raus. Ihre Arbeit eben."

„Natürlich müssen sie Talent dazu haben", beharrte Anke, „das geht nicht so einfach nach Zeichnung und Plan. Ein Schlag mehr, und die Figur ist verdorben."

„Und was macht das schon? Dann wird eben so ein Kopf oder Arm noch mal aus dem Stein geklopft. Sehen Sie sich doch den Abfall hier an. Sandstein ist nicht teuer."

Er hatte unbändige Lust, ihr zu widersprechen, weil sie die „Künstler" bewunderte. Dabei sah er selbst den Steinmetzen gern zu. Es war eine Arbeit, die viel Geduld und Fingerspitzengefühl verlangte, das wußte er genau.

Anke blickte ihn von der Seite an und schwieg. Er führte sie um die Fassade herum. Dahinter war man dabei, ein neues Gebäude zu errichten. Ein Kran hievte Betonteile in die Höhe. Von oben rief irgend jemand Kommandos.

„Hier haben Sie den Blick hinter die Kulissen. Vorbei mit der Täuschung. Hier wird gebaut, wie es sich für die zweite Hälfte des zwanzigsten Jahrhunderts gehört. Die alte Fassade verteuert die Sache ungeheuer."

„Sind Sie dagegen?" fragte Anke.

„Gegen Verteuerung bin ich immer."

„Was heißt denn Verteuerung", ereiferte sich Anke, „wenn ein altes Gebäude wiederhergestellt wird, mit dem soviel Geschichte verbunden ist wie mit diesem hier, finde ich es richtig, daß man dafür Geld ausgibt."

Sie sah zornig zu Robert hinüber. Der Helm war ihr etwas ins Gesicht gerutscht. Robert hatte nichts dagegen, daß man für die Kommode Geld ausgab, er hatte sogar, als sie hier vor ein paar Monaten anfingen, selbst in einem hitzigen Gespräch diesen Standpunkt vertreten, aber er mußte ihr widersprechen, sie ein klein wenig reizen. Vielleicht spürte sie das, denn sie sagte nichts mehr, sondern betrachtete genau die Arbeitsvorgänge, als wollte sie auf dem Gebiet des Bauwesens Studien treiben.

Als sie wieder zum Bauwagen zurückgingen, sagte sie: „Schönen Dank. Das war interessant."

„Was denn?"

„Nun, hier alles."

„Haben Sie mit dem Bau zu tun? Oder wollen Sie mal damit zu tun haben?"

„Wie kommen Sie denn darauf?"

„Na so. Sie sind über die Baustelle gelaufen wie jemand aus einer Expertenkommission."

Sie amüsierte sich. „Expertenkommission? Ich? Sie wollen mich wohl aufziehen? Ich merk das schon eine Weile. Vielleicht haben Sie was vor heute, und ich belästige Sie. Bloß weil ich so neugierig bin."

Robert erschrak.

„Sie irren sich", sagte er rasch, „ich habe Zeit. Ich habe sogar heute mit Spannung gewartet, ob Sie kommen würden."

„Dachten Sie, ich käme nicht?"

„Es hätte doch sein können."

„Ich habe aber gesagt, daß ich komme."

„Das ist wahr. Manchmal hat man so blöde Gedanken", gestand er.

Am Arbeitswagen nahmen sie die Helme ab. Anke hatte anscheinend beschlossen, eine Pause einzulegen, ließ sich auf den Stufen des Wagens nieder und blickte zur Fassade hoch. Robert stand neben ihr, die Schutzhelme in der Hand, und sah in ihr Gesicht.

Was war das nur für ein Mädchen? Wie brachte sie es fertig, ihn verlegen und unbeholfen zu machen? Er begann allmählich, sich über sich selbst zu wundern.

Sie blickte ihn an.

„Haben Sie vielleicht was zu trinken hier?"

Er sprang in den Wagen und putzte eine Vita-Cola blank. Sie hatte im kalten Wasser gestanden und war herrlich frisch.

„Bitte“, sagte er.

Sie trank mit Behagen, und er saß vor ihr auf einem umgestülpten Eimer. Ein etwas eigenartiges Bild. Könnten das jetzt die anderen sehen! Freilich möchte er nicht die Bemerkungen hören, aber vielleicht würde es sein Selbstvertrauen stärken, wären seine Kumpel Zeugen dieser Situation.

In der Flasche war noch ein Rest. „Möchten Sie?“ Er trank gehorsam. Sie angelte ihre Basttasche von der Klinke, und er ärgerte sich, daß er nicht aufgesprungen war, um ihr zu helfen.

„Ich hab Waffeln“, sagte sie, „wenn Sie Hunger haben?“

Er knabberte tapfer irgendwelche Fruchtwaffeln, die noch nie seine größte Freude gewesen waren. Picknick in der Großstadt, Picknick auf unserer Baustelle, dachte er. Hinter der historischen und teuren Fassade klirrte der Baukran.

„So, jetzt möchte ich noch was über Ihre Truppe wissen“, erklärte Anke.

„Über unsere Brigade?“

„Ja. Sie haben mich vorhin neugierig gemacht, als Sie die Geschichte von den roten Teufeln erzählten.“

„Das kann langweilig für Sie sein“, sagte er unsicher.

„Sie müssen eben gut erzählen. Geben Sie sich Mühe.“

Robert hielt die Flasche an den Mund, als wäre es lebensnotwendig für ihn, den letzten Tropfen Flüssigkeit herauszuholen.

Er sollte sich Mühe geben. Leicht gesagt. Er erhob sich. Wenn er etwas über seine Kumpel sagen wollte, mußte er die Baustelle sehen.

Es war ihm, als wäre eine Entscheidung herangekommen, als würden jetzt über den weiteren Verlauf des heutigen Tages und vielleicht noch anderer die Würfel fallen.

Aufmerksam und erwartungsvoll betrachtete ihn das Mädchen.

Robert stand vor einer Aufgabe, die ihm völlig neu war, an die er vor einer Stunde, als die anderen noch alle hier waren, die er jetzt vorstellen sollte, nicht im Traum gedacht hätte.

Seine Zuhörerin war anspruchsvoll, das wußte er schon.

Er sagte: „Eigentlich arbeiten wir mit veralteten Geräten, wie sie schon von unseren Großvätern benutzt wurden. Hermann Marschke, der unser Brigadier ist, erklärt das so: Neben dem Küchenwunder steht in Mutters Küche noch der alte eiserne Kochtopf. In dem kann man schließlich auch eine gute Suppe kochen. Viele müssen es sogar. Mit dem Küchenwunder und dem Schnellkochtopf geht das natürlich besser. Nur sind diese Geräte ziemlich teuer. Inzwischen wollen wir aber auf gute Suppen nicht verzichten. Also handeln wir dialektisch. Das sagt Hermann Marschke. – Na ja, die Logik hinkt etwas, und mit der Dialektik ist das auch so eine Sache. Aber unser Hermann ist in Ordnung. Das ist der Kleine, Hagere in der Zimmermannsweste, der Sie dort von dem Stapel heruntergejagt hat. Er hat eiserne Grundsätze. Ordnung zum Beispiel wird bei ihm groß geschrieben. Damit ist er bei uns aber nicht auf große Gegenliebe gestoßen. Selbstverständlich gibt es da Unterschiede. Bogner, der Schwarzhaarige, der heute vormittag dort auf dem zerkratzten Wohnzimmerstuhl hockte, hat Marschkes Ordnungseifer schon übernommen. Wir anderen müssen's mehr oder weniger auch. Denn wer will sich wegen solcher Sachen mit Marschke anlegen? Vor zwei Jahren, ich will's mal deutlich sagen, da waren wir ein Haufen, eine zufällig zusammengewürfelte Truppe. Wir brauchten einen Brigadier, der für uns alles aufschrieb, damit der Rubel rollte, und Marschke schien uns geeignet. Er ist ein Fuchs, erfahren, schlau, auf allen Baustellen zu Hause. Wir sollten recht behalten: Der Rubel rollte. Aber die Arbeit auch. Nun waren wir ja nicht dagegen, anständig reinzuhauen. Bloß wir hatten unsere Angewohnheiten. Warum sollte eine Pause, die offiziell eine halbe Stunde dauerte, nicht manchmal auf eine Stunde verlängert werden? Man kann doch im schönsten Spiel nicht einfach die Karten aus der Hand fallen lassen. Man kann. Marschke bewies uns das. Zum geplanten Aufstand kam es nicht. Wir konnten auf unseren Hermann nicht mehr verzichten. Und er hat natürlich auch eine Art, uns manches abzugewöhnen. Was soll man denn machen, wenn er einfach die Skatkarten einsammelt? Den Beweis, daß wir ohne ihn nicht mehr wollen, brachten wir im vergangenen Jahr. Da sollten wir Jugendbrigade werden, und wir sind auch eine geworden. Bloß damals wollten sie uns einreden, das müßten oder könnten wir nur ohne Marschke, denn schließlich sei der in einem Alter, das man nicht mehr gerade als jugendlich bezeichnen könne. Erst haben wir gedacht, sie machen Witze mit uns. Aber nein, der zuständige Jugendfreund hatte sich das in den Kopf gesetzt. Wenn wir zum Beispiel Jugendtouristik mitmachen wollten, an den Balatonsee oder so, dann könnten wir doch keinen Fünfzigjährigen mitnehmen, meinte er. Unser Schmidt, der so schön blinzeln kann, Sie wissen ja, und ich waren in der FDJ-Leitung oben, um die Verhandlungen zu führen. Wir lachten, als wir die Argumente hörten, und verließen den Saal. Wir wurden dann doch mit Marschke eine Jugendbrigade. Und heute will der zuständige Jugendfreund es schon nicht mehr wahrhaben, daß er mal Marschke von uns trennen wollte. Heute sitzt Hermann bei jeder Jugendveranstaltung im Präsidium. Ein bißchen zuviel des Guten. Aber er trägt das mit Gelassenheit. Wir hatten mal erwogen, ihm zum Geburtstag ein Blauhemd zu kaufen, haben's aber dann doch nicht gemacht. Nun muß man natürlich zugeben, daß kein Mensch Hermann Marschke auf fünfzig schätzt, man gibt ihm im allgemeinen zehn Jahre weniger. Er führt das auf den Umgang mit uns zurück. Das möchte ich aber bezweifeln. Er hat ganz schön rackern müssen."

Robert schwieg, sah an dem Mädchen vorbei. Stümperei, was er da gestammelt hatte. Was gab es in Wirklichkeit alles über den Brigadier zu berichten! Auf so was sollte man sich eben nicht einlassen. Die Hitze war daran schuld und diese Anke.

Aber die saß auf den Stufen des Arbeitswagens, hatte die Knie hochgezogen und die Arme darauf gestützt. Im übrigen gefiel sie ihm, wie sie dasaß. Jetzt müßte der Fotoreporter Reuter hier sein. Das wäre was für den. Motiv noch interessanter als vor dem Humboldt. Hübsches Mädchen auf den Stufen eines Bauwagens, im Hintergrund die Fassade der Kommode.

„Jetzt kann ich mir vorstellen, wie der Brigadier so ist", sagte sie. „Als er heute vormittag auf mich zukam, habe ich ihm das natürlich nicht angesehen."

Robert atmete erleichtert auf.

„Warum erzählen Sie nicht weiter?"

„Soll ich?"
„Aber sicher."
Da setzte sich Robert auf den umgestülpten Eimer. Jetzt wollte er sie sehen, ganz nah und ohne Scheu. Sie veränderte ihre Haltung nicht. Das blonde Haar fiel ihr in die Stirn, machte ihr Gesicht weich.
„Wir anderen", sagte Robert, „wir anderen ... Was soll man da erzählen. Einer hat schon eine zahlreiche Familie. Wenn Sie sich erinnern, der Große, der auf den Stapel kletterte, als Sie wieder unten waren. Finden Sie nicht auch, daß es eine Leistung ist, mit siebenundzwanzig Jahren vier Kinder zu haben?"
„Die Leistung liegt wohl mehr bei der Frau", sagte Anke.
„Der Junge muß ganz schön ranschaffen", meinte Robert.
„Das muß er. Ist ja schließlich das wenigste."
„Sie sind hart zu uns Männern."
„Wieso? Ich stelle nur Tatsachen fest."
„Unser Glomm baut demnächst zwei Tandems. Damit er bequemer mit seiner Schar ins Grüne kommt. Komisch, an einem Tag wie heute macht er seine Scherze, aber am Wochenende ist er ganz anders. Die Gören um sich herum und er der Gebieter. Ein hübscher Anblick, und er hat sein Vergnügen."
„Wollen Sie dieses Vergnügen auch mal haben?" fragte Anke.
„Ich? Ich rede von unserem Glomm."
„Sie schwärmen ja von dem Zustand."
„Ich erzähl Ihnen nur was von den Eigenarten unserer Leute."
„Erzählen Sie weiter. Wir sind zu Hause drei Kinder."
Robert schwieg verblüfft. Es kostete ihn Mühe, das Bild, das er sich von dem Mädchen bereits zu machen begann, nach dieser Bemerkung zu korrigieren. Gleichzeitig suchte er nach einer möglichst nahtlosen Fortsetzung seines Berichts.

Da hockte er auf dem umgestülpten Eimer auf der Baustelle, wo er täglich bei jedem Wetter arbeitete, und könnte sich einen besseren Ort vorstellen, eine Parkbank im Schatten vielleicht oder eine Wiese. Natürlich dieses Mädchen dabei. Er sollte von diesen Annehmlichkeiten reden, er sagte aber:

„Von unserem Schmidt wissen Sie schon einiges. Er hat die Teufelsfratzen an den Wagen gemalt. Unser Künstler. Er sucht die ideale Frau."

„Sucht er schon lange?" fragte Anke.

„Solange ich ihn kenne auf jeden Fall. Und das sind zwei Jahre."

„Er wird die richtige schon finden."

Robert sah, daß sie lächelte. Das versöhnte ihn wieder.

„Unser Bogner dagegen, der hat schon eine ideale Frau", fuhr er fort, „sie ist Schwimmeisterin im Strandbad am Müggelsee — aber er kann nicht schwimmen. Was halten Sie davon?"

Sie lachte. „Von der Frau eine wahre Selbstverleugnung. Sie muß ihn sehr lieben."

„Das stimmt", sagte Robert, „er hat natürlich eine Menge Vorzüge. Zum Beispiel gehören die Bogners zur Meisterklasse im Gesellschaftstanz. Die beiden sind schon mehrere Male über den Bildschirm geflimmert. Einmal haben wir uns gemeinsam so eine Fernsehaufzeichnung angesehen. Da war was los. Bogners hatten uns glatt vergessen. Sie hatten an ihrer eigenen Tanzerei unheimlich viel auszusetzen. Bogner, der sonst kaum etwas sagt, war nicht wiederzuerkennen, so viel redete er. Seit diesem Abend verstehe ich, warum er bei allgemeinen Lustbarkeiten nicht tanzt. Wahrscheinlich schmerzt unser Gehopse ihn bis in die letzte Haarwurzel." Anke lachte.

„So das wären wir", sagte Robert, „das war aber mächtig anstrengend."

„Sie haben einen vergessen", sagte Anke.

„Wen denn?"

„Einen gewissen Herrn Robert."

„Ich verweigere die Aussage", sagte Robert, „dazu habe ich ein Recht."

„Und warum verweigern Sie die Aussage?"

„Auch darüber verweigere ich die Aussage."

„Das ist keine Haltung."

„Soll ich Sie mal verhören?"

Anke erhob sich und streckte die Glieder.

„Noch nicht", sagte sie, „jetzt bin ich noch dran. Erklären Sie mir bitte, was das hier für Geräte sind. Sie sehen so gewaltig und zerschrammt aus."

Ja, die Geräte, dachte Robert, nun muß ich die auch noch erklären. Er ging mit ihr hinüber, zeigte ihr den Stauchbohrer, der rhythmisch in die Tiefe gestoßen wird und das Bohrgut aus dem Boden herausholt; unterschiedliches Bohrgut, Faulschlamm zum Beispiel, Torf und Wiesenkalk. Ja, auf merkwürdigem Boden steht diese Stadt, das sieht man ihren Häusern, ihren steinernen und asphaltierten Straßen nicht an. Aber die Brunnenbauer wissen's genau. Da lag der schwere Bohrmeißel, fünfzehn Zentner wiegt er. Er schlägt zu, wenn ein Stein im Bohrloch liegt, wenn es gilt, harte Schichten zu durchstoßen. Doch auch für die „normalen" Bohrungen ist er eine Hilfe. Wird er auf die wie ein mittelalterliches Folterinstrument anmutende Holzschelle gehoben, drückt er mit seinem Gewicht den Bohrpfahl rascher in die Erde hinein.

Robert hob getrockneten Wiesenkalk auf und gab ihn Anke. Sie zerkrümelte ihn zwischen den Fingern.

Vor Überraschungen waren sie bei ihrer Arbeit nie sicher. Da sind die Elektrowinden zu warten, da ist der Zement gut zu lagern, da darf das Rundeisen nicht fehlen. Robert berichtete mit knappen Worten. Er wunderte sich, daß er das Arbeitsgerät, mit dem er nun schon ein paar Jahre zu tun hatte, plötzlich mit anderen Augen sah. Er sprach darüber, als hätte er gute alte Freunde vorzustellen. Der Bohrbock zum Beispiel, dessen Tücken beim Aufstellen er genau kannte, über die er nicht wenig fluchte, war ein lieber, treuer Kerl, der tagein, tagaus seine Pflicht erfüllte. Die Holzsplitter in den Händen zählten nicht. Schließlich brauchte man sich nur an Marschkes Ermahnungen zu halten und Handschuhe über die Hände zu streifen.

Anke hörte interessiert zu. Auch darüber wunderte sich Robert. Ihr Arbeitsgerät hier auf der Baustelle war nicht besonders sehenswert. Dagegen könnte man über den knallgelb gestrichenen Kran, der hinter der Fassade arbeitete, spielend tonnenschwere Lasten hob, wer weiß wie viele Männer ersetzte und eben technischen Fortschritt darstellte, weit besser sprechen. Aber Anke hörte zu, als hätte sie über Bohrpfähle eine Examensarbeit zu schreiben. Sie waren wieder an der Bauzaunlücke angekommen. Eine seltsame Stunde hatte Robert erlebt. War überhaupt eine ganze Stunde vergangen?

Anke kletterte auf den Stapel Betonteile wie am Vormittag. Sie winkte ihm. Er kletterte ebenfalls hinauf, sie hatte ihm die Hand entgegengestreckt.

„Sie müssen doch zugeben, von hier oben hat man einen guten Ausblick." Anke warf die Basttasche über die Schulter.

Er wies hinüber zum Denkmal des Alexander von Humboldt.

„Der Sockel ist wieder besetzt. Sehen Sie nur."

„Da sitzen aber jetzt ältere Leute. Die ruhen sich aus."

„Vielleicht", meinte Robert, „vielleicht aber . . ."

„Was denn vielleicht?" fragte Anke.

Robert schwieg. Er dachte: Vielleicht sitzen da welche, die haben Erinnerungen.

Anke sagte: „Ich möchte mich revanchieren und lade Sie ein. Ich habe nicht weit von hier ein hübsches Café entdeckt. Man kann draußen sitzen unter Sonnenschirmen."

Er sah sie überrascht an. Revanchieren wollte sie sich, hatte ihn eingeladen. Bis heute hatte bei ähnlichen Anlässen immer Robert eingeladen.

„Haben Sie keine Lust?"

„Doch", sagte Robert hastig, „ich habe die größte Lust. Ich kenne das Café, das Sie meinen. Wir werden aber um diese Zeit keinen Platz unter den Sonnenschirmen bekommen."

„Dann warten wir eben, bis jemand aufsteht. Wir stellen uns einfach neben einen Tisch. Irgendwann muß ja jemand den Platz räumen."

Es war also beschlossene Sache, und Robert sprang von dem Stapel herab. Sie aber zögerte geradezu ängstlich. Seltsam. Am Vormittag hatte Robert doch bewundert, wie schnell sie sich den Blicken der drei Belagerer entzogen hatte. Plötzlich begriff er, daß er ihr ja helfen könnte. Es war noch nicht zu spät, er streckte ihr seine Hand hin, sie ergriff sie und sprang vorsichtig herab.

„Danke", sagte sie. Ihre Hand fühlte sich kühl an. Vielleicht fror sie im Schatten der Kommode, inmitten der Stahlträger, Winden und Betonteile. Aber Robert hatte vergessen, daß sie sich am Arbeitswagen mehrere Male die Hände im Wassereimer gekühlt hatte.

Sie waren schon auf dem Weg zu dem Café mit den bunten Sonnenschirmen, als es Robert einfiel, daß er vergessen hatte, den Wagen abzuschließen. Anke sollte warten. Er rannte über die Baustelle, als gälte es, einen Rekord im Hindernislauf zu unterbieten. Er schloß ab, versteckte den Schlüssel und lief zurück. Er sah Anke nicht mehr. Sofort quälte ihn der Gedanke, sie könnte verschwunden sein, bis er sie vorn an der Straße entdeckte. Er rannte jetzt nicht mehr, wollte nicht außer Atem ankommen. Sie wandte ihm den Rücken zu und betrachtete anscheinend mit der ihr eigenen Aufmerksamkeit das bunte Treiben zu nachmittäglicher Stunde. Und Robert bemerkte, wie sich ein paar junge Burschen nach ihr umsahen und daß auch Männer Anke musterten, die letzteren allerdings nicht so offen und ungehemmt, dafür aber kennerisch und voller Bewunderung. Robert starrte den Männern nach. Am liebsten hätte er diese Brüder angerempelt, hätte sie in Trab gebracht. Es war einfach eine Schande, daß sich ein Mädchen nicht an eine Straße stellen durfte, ohne daß den Kerlen gleich die Augen aus dem Kopf fielen. Besonders dem einen hätte Robert einen Stoß versetzen mögen – ein Geck, dunkles Menjoubärtchen unter der Nase und weißer Anzug, stand da neben der Anzeigetafel der Staatsoper, hatte aber offensichtlich keinen Blick für die angekündigten Opern und Konzerte, sondern nur für Anke. Robert reckte sich, er war sich bewußt, daß er den Menjoubart, lächerliche Fratze übrigens, um mindestens einen Kopf überragte, und schob sich in dessen Blickfeld.

Es kam ihm der Gedanke, Anke die Augen zu verdecken, aber er verwarf das sofort, zupfte nur an der Basttasche. Anke wandte sich ihm zu.

„Ist was passiert?“ fragte sie.

„Warum?“

„Sie machen ein so zorniges Gesicht.“

Er versuchte zu lächeln. Der Menjoubart stand noch an der Anzeigetafel der Staatsoper, hatte einen Blumenstrauß in der Hand und starrte gar nicht zu ihnen hinüber, sondern an ihnen vorbei und war sehr unruhig.

„Ich hab gedacht, Sie wären verschwunden“, sagte Robert.

„Verabschiedet hätte ich mich schon“, meinte Anke, „oder halten Sie mich für so unhöflich?“

Robert sah verlegen und hilflos drein. Er kannte sich selbst nicht mehr wieder.

Sie gingen nebeneinander mit einem kleinen Abstand. Anke schlenkerte ihre Basttasche. Jetzt war auch in den Büros Feierabend, die Straße hatte sich belebt, und manchmal wurden sie durch entgegenkommende Passanten getrennt. Aber aus den Augen verloren sie sich nicht. Am Café mit den Sonnenschirmen hatte Robert Gelegenheit, sich mit einer Glanzleistung auszuzeichnen. Er sah von weitem, wie sich an einem Tisch jemand erhob, und spurtete ohne Rücksicht in diese Richtung, belegte zwei Stühle und winkte eifrig. Es waren zwei Plätze unter einem Sonnenschirm. Sie saßen nicht weit vom Springbrunnen entfernt, und erfrischende Kühle wehte herüber. Sie blickten auf die belebte Kreuzung.

„Na, wie hab ich das hingekriegt?" fragte Robert.

Anke lachte. „Sie waren ungeheuer schnell."

Er griff nach der Karte und wollte sie zu ihr hinüberschieben, wie er es gewohnt war bei ähnlichen Anlässen.

„Suchen Sie sich was aus", meinte Anke, „Sie sind doch mein Gast."

Er studierte die Karte, hatte keinen Appetit und sagte: „Was Sie nehmen, nehme ich auch."

„Damit bin ich nicht einverstanden. Ich hab Sie eingeladen. Das macht mir sonst keinen Spaß."

Er wählte einen besonderen Kaffee, einen auf französische Art, denn darin war Kognak, und ein wenig konnte er davon gebrauchen. Weil seine Gastgeberin nicht lockerließ und meinte, nach schwerer Arbeit den ganzen Tag über und anstrengender Sonderführung an der Kommode müsse er sich stärken, willigte er ein, auch ein Stück Torte zu essen. Anke schloß sich seiner Bestellung an und zählte der Serviererin bedachtsam alles auf. Die schaute ein wenig ungeduldig und auch verwundert auf das Mädchen herab, dann zu dem jungen Mann, dann ging sie.

„Hat die was?" fragte Anke.

„Ach wo", sagte Robert, „man hat's eilig hier."

Er bat um die Erlaubnis zu rauchen, zog eine Zigarette heraus und zündete sie an. Anke betrachtete ihn aus den Augenwinkeln.

„Haben Sie noch eine?" fragte sie.

„Sie rauchen?"

„Haben Sie was dagegen?"

„Überhaupt nicht. Ich hab bloß nicht gewußt ... Entschuldigen Sie."

Er hielt ihr die zerknautschte Packung hin.

„Casino", meinte er, „mögen Sie die?"

Sie nahm eine Zigarette und ließ sich Feuer geben, stellte sich ungeschickt an und hatte Mühe, nicht zu husten.

Robert sah sofort, daß sie sonst nicht rauchte. Warum machte sie das jetzt? Vielleicht wegen der Serviererin?

Die war herangekommen, und Anke lehnte sich zurück und beobachtete sie von unten herauf aus leicht zusammengekniffenen Augen. Ihre Tasse Kaffee hob Anke sofort Robert entgegen: „Prost, Kollege Robert." Und er hob ebenfalls die Tasse mit dem braunen Getränk und sagte: „Prost." Die abschätzenden Blicke der Serviererin störten ihn nicht. Er hätte schwören können, so hatte er noch nie jemandem zugetrunken, mit einer Tasse Kaffee, wenn auch Kognak darin war. Aber er hatte sich schon daran gewöhnt, daß

Anke ihn mit manch Ungewöhnlichem überraschte, und er wollte das bereits nicht mehr missen.

Sie widmete sich indessen sehr gründlich ihrer Torte und hatte keinen Blick für ihn. Was sollte er tun, er löffelte auch.

Auf einmal sagte Anke: „Das ist hier eine berühmte Ecke. Unter den Linden Ecke Friedrichstraße. Früher hat sie doch ganz anders ausgesehen. Wenn meine Eltern mal anfangen von Berlin zu erzählen, spielt die Ecke hier immer eine Rolle in ihren Erinnerungen."

„Wie meinen Sie das mit früher?" fragte Robert. „Vor ein paar Jahren noch war die Gegend hier ziemlich mitgenommen. Kahle Flächen und so."

„Ich meine ganz früher, aber das kennen wir ja beide nicht."

„Meine Mutter kam vor dem Krieg kaum mal hierher. Diese Gegend war ziemlich vornehm."

„Ich habe ein Buch gelesen. Von Fallada. Kennen Sie den Schriftsteller?"

Robert mußte eingestehen, daß er nur den Namen kannte, aber nichts von Fallada gelesen hatte.

Anke meinte: „Wenn Sie mal Zeit haben, lesen Sie den Roman ‚Kleiner Mann — was nun?'. Zum Schluß, so um 1930 herum, läuft der Romanheld die Friedrichstraße entlang, ist arbeitslos und steht ohne Geld vor den vollen Schaufenstern. Und weil seine Kleidung abgerissen ist und er keinen Kragen trägt, wird er von einem Polizisten fortgejagt. Er läuft dann nicht mehr auf dem Bürgersteig, sondern auf dem Fahrdamm, er läuft so lange, bis er in einer dunklen Seitenstraße verschwinden kann. Und hier ist doch die Friedrichstraße."

Anke hatte noch mehr Bücher im Gedächtnis, die mit dieser Stadt zusammenhingen, einen berühmten Roman über den Alexanderplatz zum Beispiel, und sie sprach auch darüber.

Robert dachte: Es ist zum Heulen. Ich hab eine Menge Bücher gelesen, wenn auch in der letzten Zeit nicht mehr allzu viele, aber warum habe ich nicht diese gelesen?

Er nahm sich vor, morgen Hermann Marschke zu fragen, der hatte einen ganzen Schrank voller Bücher.

Robert berührten die Überlegungen Ankes über diese Stadt eigenartig, er spürte, daß sie nicht nur hergekommen war, um sich im Vorbeigehen etwas anzusehen. So also konnte man auch in eine fremde Stadt fahren, und die Erlebnisse würden größer und tiefer sein. Mitten in seine Gedanken hinein hörte er Anke sagen: „Ich werde eine Woche hier in Berlin bleiben. Ich möchte was sehen. Aber nicht bloß das, was man eben so mitbekommt, nicht nur Museen und andere Sehenswürdigkeiten. Ich möchte was von der Atmosphäre der Stadt erleben. Deswegen bin ich Ihnen vorhin auf den Wecker gefallen. Und ich bin jetzt noch erstaunt, daß Sie alles so mitgemacht haben. Aber Sie hätten es mir ja sagen können, wenn es Ihnen zuviel geworden wäre."

Da sagte Robert, und dabei kam ihm plötzlich ein Einfall, eine Art Erleuchtung, daß es seiner Stimme anzumerken war: „Mir ist es überhaupt nicht zuviel. Im Gegenteil. Und ich mach Ihnen einen Vorschlag. Aber sagen Sie bitte nicht, daß Sie nicht annehmen können, sagen Sie das nicht, sonst werde ich böse. Ich mach Ihnen also den Vorschlag: Ich könnte sozusagen Ihr spezieller Fremdenführer sein in den Tagen, die Sie hier sind. Ich zeige Ihnen das, was Sie wünschen. Schließlich bin ich hier groß geworden."

Er sah Anke erwartungsvoll, ja fast ängstlich an. Die aber war sichtlich erstaunt über den mit soviel Feuer vorgebrachten Vorschlag und erfreut zugleich.

„Einverstanden", sagte sie.

„Jetzt bestell ich was", rief er. „Noch mal dasselbe, Fräulein."

„Torte auch?" fragte zweifelnd die hübsche Serviererin.

„Um Himmels willen, Torte nicht. Aber in den Kaffee lassen Sie einen Doppelten kippen. Damit man was merkt."

„Wie Sie wünschen."

Robert lachte zufrieden. Anke aber dämpfte seine Hochstimmung. „Wissen Sie, fragen Sie mich vorher, ob ich einen Doppelten in den Kaffee haben will."

Robert war verwirrt über den kühlen Ton.

„Verzeihung", sagte er kleinlaut, „es war die Freude, daß Sie mit meinem Vorschlag einverstanden waren."

„Wissen Sie so genau, daß Ihnen meine Launen Freude machen werden?"

Der Kaffee mit den Doppelten kam überraschend schnell, die Serviererin sah jetzt nur noch Robert an. „Sie sind anscheinend ihr Typ", bemerkte Anke, „man guckt schon empört von den Nachbartischen zu uns herüber, weil wir so schnell bedient werden."

Er staunte wieder einmal über ihre genauen Beobachtungen und über ihre direkte und vielleicht auch unbequeme Art, sie ihm mitzuteilen. Und es stimmte, die nette Serviererin hätte ihn nicht kaltgelassen, säße er allein hier am Tisch. Es wäre für ihn ein Spaß gewesen, ein bißchen mit ihr zu flirten. Warum auch nicht. Doch seltsamerweise empfand er heute weder Vergnügen noch Lust, heute saß er mit Anke hier, und die hatte zugesagt für die nächsten Tage, hatte seine Fremdenführerdienste angenommen, von denen Robert vorläufig nur wußte, daß er sie nach Feierabend ableisten würde – oder, und dieser Gedanke elektrisierte ihn geradezu, er könnte sich Urlaub geben lassen. Das wäre natürlich ein Sonderwunsch. Aber es könnte doch möglich sein, daß es Hermann Marschke genehmigt.

„Lassen Sie doch die Leute gucken", meinte er. „Und die Serviererin, hübsch ist sie, aber nicht mein Typ. Also, nochmals Prost und auf gute Zusammenarbeit bei der Eroberung unserer Stadt. Prost, liebe Dame Anke."

Sie hatte schon die Tasse gehoben, stellte sie aber wieder auf den Tisch zurück. „Dame Anke? Was haben Sie sich denn da ausgedacht?"

Nun lachte Robert, jetzt war er obenauf. „Sie sagen Herr Robert oder Kollege Robert zu mir. Was haben Sie sich denn da ausgedacht?"

Da lächelte auch Anke und sagte: „Na gut, Herr Robert. Lassen wir es gelten."

Und sie schlürften den heißen Kaffee mit dem doppelten Zusatz an Alkohol und stellten einmütig fest, daß gerade bei der Hitze der heiße Kaffee das beste Getränk sei und nachhaltiger als jeder Eiskaffee den Durst lösche und obendrein, wie sich Robert ausdrückte, noch den Geist aufmöble.

Anke, die auf das bunte und wechselnde Bild an der Kreuzung schaute, erwiderte auf diese kühne Behauptung nichts. Oder hatte sie nichts gehört?

Sie schaute auf die Uhr und sagte: „So, jetzt muß ich gehen. Ich muß mich noch umziehen. Heute bin ich dort drüben in der Komischen Oper."

„Dann kann ich Sie ja begleiten."

Anke kniff überlegend die Augen ein wenig zusammen, ein paar Sekunden lang.

„Nein, lieber Kollege Robert", sagte sie dann, „das will ich nicht. Wir bleiben bei unserem Vertrag. Morgen um fünfzehn Uhr am Humboldt. Das ist unser Treffpunkt."

Und Robert sagte: „Einverstanden."

Anke bezahlte, ließ sich auf den Pfennig genau herausgeben und beobachtete Robert. Der ließ sich auch auf den Pfennig genau herausgeben und senkte den Kopf. Die Serviererin lächelte spöttisch und wünschte sehr laut einen angenehmen Abend.

An der Ampel sagte Anke: „Also tschüs, Kollege Robert. Bis morgen."

Zum ersten Male gaben sie sich die Hand.

„Tschüs, Dame Anke, und viel Spaß heute abend."

Er sah ihr nach, bis sie im Gewühl der Passanten verschwunden war, die zum S-Bahnhof Friedrichstraße liefen.

Er unternahm keinen Versuch, ihr zu folgen, er dachte nicht einmal daran. Er ging zurück vor die Terrasse und blickte auf den Sonnenschirm, unter dem sie gesessen hatten. Dort hatte sich jetzt eine Dame niedergelassen mit einem hohen weißen Hut auf dem Kopf, und der Becher Schlagsahne, den sie löffelte, paßte genau dazu.

Robert setzte sich an den Rand des Springbrunnens. Er blickte auf die Kreuzung, die so berühmt war, und wußte, daß es ihm im Leben nicht eingefallen wäre, das besonders zur Kenntnis zu nehmen, wenn er nicht diesem Mädchen Anke begegnet wäre. Ihm fiel jetzt auch ein, daß er noch nie auf dieser Terrasse gesessen hatte. Er hielt die Hand in das kalte Wasser und versuchte, die Münzen auf dem Grund des Beckens zu zählen, die die Besucher hineingeworfen hatten.

Robert lebte in einer verwandelten Welt. Wie könnte er sonst hier sitzen und lächeln und an eine Anke denken, von der er nicht einmal wußte, wie sie mit vollem Namen hieß, wo sie zu Hause war, was sie trieb; von der er also herzlich wenig wußte. Und doch wußte er von ihr viel. So meinte er wenigstens. Und er war überzeugt, daß es mit ihm und Anke immer so weitergehen würde und daß die Zukunft voller Überraschungen steckte wie dieser Tag. Robert saß eine ganze Weile am Springbrunnen.

Auf dem Heimweg betrat er eine Buchhandlung und fragte nach den Büchern, die ihm Anke genannt hatte. Sie waren vergriffen. Die Verkäuferin notierte aber seinen Namen und seine Adresse, denn er wollte bei der nächsten Auflage unbedingt berücksichtigt werden.

Er lief nach Hause, obwohl es ziemlich weit war bis dorthin. Das hatte er schon lange nicht mehr gemacht.

Als er in die vertraute Gegend kam, in die langen Straßen mit den alten grauen und den hier und da neu verputzten hellen Häusern, empfand er deutlich das Ungewöhnliche dieses Tages. Er betrachtete die Straßen mit anderen Augen, entdeckte manches, das er noch nie gesehen hatte in den zwei Jahrzehnten seines Lebens. Er lief heute nicht an dem Blumengeschäft nebenan vorüber.

„Haben Sie Rosen?" fragte er die Verkäuferin, Frau Nadolny, die er schon kannte, seit er zu denken angefangen hatte.

„Ja, Herr Weißgerber, Rosen sind da."

„Warum sagen Sie denn Herr Weißgerber?"

„Soll ich Sie Robert nennen? Sie könnten es übelnehmen."

„Ich nehm es nicht übel. Für zehn Mark Rosen bitte."

„Für zehn Mark? Das wird aber ein schöner Strauß. Wer soll sie denn bekommen?"

„Meine Mutter", sagte Robert. Der Gedanke war ihm gekommen, als er an dem Geschäft vorbeiging. Mit der Mutter meinte er diesen ungewöhnlichen Tag und Anke. Frau Nadolny suchte die besten Rosen heraus. „Besser als mancher Hochzeitsstrauß, Robert."

Er stieg die vier Treppen hoch, grüßte die Nachbarn freundlicher als sonst, sogar den immer knurrigen Herrn Schott, den Kinderschreck des Hauses seit undenklichen Zeiten, so daß der verwundert dem Robert Weißgerber nachschaute, der ihm doch manchmal Paroli geboten und ihn oft geärgert hatte. Aber heute hatte Robert ohne Übertreibung und Ironie gegrüßt.

Die Mutter war zu Hause, der Rosenstrauß verwunderte sie, denn sie wußte, daß Robert dafür nicht wenig Geld ausgegeben hatte. Helene Weißgerber war daran gewöhnt, daß der Junge ihr Blumen mitbrachte, allerdings zu bestimmten Anlässen. Doch heute war kein besonderer Anlaß, heute war ein gewöhnlicher Montag. Sie sagte aber nur: „Schönen Dank, Robert. Die Rosen hast du von Frau Nadolny, nicht wahr?"

„Ja", sagte Robert, „sie läßt dich auch grüßen."

Später aber, als sie beim Essen saßen, fragte die Mutter: „Hast du eine Prämie bekommen?"

„Warum?"

„Du hast mir die Blumen mitgebracht."

„Nein, eine Prämie gab's nicht. Aber die Rosen sind schön, nicht wahr?"

Er zog die Vase mit den Blumen näher heran. „Die riechen gut, was? Leider verwelken sie auch schnell, leider."

Die Mutter sah ihn an. Er spürte ihren Blick, und er wußte, daß sie ihn durchschaute.

Er lachte und sagte: „Du, ich hab heute ein Mädchen kennengelernt. Ich bin ganz durcheinander."

Die Mutter stellte die Teller zusammen.

„Na ja, Robert", sagte sie, „du und deine Mädchen."

„Wie meinst du das?"

„Du warst schon oft Feuer und Flamme."

„Das stimmt", gab Robert zu, „aber so war es noch nie. Das kannst du mir glauben."

Er glaubte auch daran. In seiner Kammer setzte er sich auf das Fensterbrett und schaute über die Dächer. Er wußte nichts mit sich anzufangen heute. Auf dem winzigen Tisch lagen Hefte und Bücher, denn Robert bereitete sich auf ein Abendstudium vor. Er schob aber den Lernkram beiseite, heute dachte er nicht an den Meisterlehrgang im Herbst. Er schaltete das Radio an und sofort wieder aus.

Mutter hatte natürlich recht, schon manchmal war er Feuer und Flamme gewesen wegen eines Mädchens. Aber das konnte er alles nicht mit seinem heutigen Erlebnis, mit diesem augenblicklichen Zustand vergleichen. Für ihn zählte die Zeit bis zum morgigen Nachmittag nicht, seine Zeit begann erst wieder morgen um fünfzehn Uhr am Alexander von Humboldt.

Er lehnte im Fenster seiner winzigen Kammer. Unten auf

dem Hof spielten Kinder, die Teppichstange diente schon seit Jahrzehnten als Turngerät, hinter den Mülltonnen waren ideale Verstecke, Radiomusik schallte aus den geöffneten Fenstern.

Robert hatte seine Kammer rationell eingerichtet, jede Ecke wie in einer Schiffskajüte ausgenutzt. Die Wohnung der Weißgerbers war nicht groß. Zwei Zimmer, eine Küche und diese Kammer. Vor wenigen Jahren lebten sie hier noch mit vier Personen. Es war auch gegangen, es hatte gehen müssen. Die älteren Geschwister Roberts hatten inzwischen eigene Familien gegründet, wie man so sagt. Und Mutter wollte nicht mehr umziehen, sie hatte ihre Erinnerungen, die sie hier festhielten. Jetzt reichte die Wohnung aus, aber Robert blieb in seiner Kammer. Vielleicht war es der Blick über die Dächer, der ihn dazu bewog.

Er sah am Seitenhaus vorbei zum Nachbarhof hinüber auf die in gleicher Höhe liegenden Fenster der Marschkes mit den grün-weiß gestrichenen Blumenkästen. Da hatte er gefunden, womit er seine Unruhe bekämpfen konnte. Er sagte der Mutter, daß er zu Hermann Marschke gehe und wahrscheinlich nicht zu spät nach Hause kommen werde.

Monika öffnete. Es war ziemlich dunkel hier oben im vierten Stock, und Robert bemerkte nicht, daß Monika vor Freude errötete.

„Grüß dich!" sagte er, „ist Hermann zu Hause?"

Er trat in den Flur, hier war es heller, und er sah Monika mit ihrem kurzen braunen Haar, dem knapp sitzenden Pullover. Sie hatte ihm schon immer gefallen.

„Du hast dich lange nicht bei uns sehen lassen, Robert", sagte das Mädchen.

„Ich sitze hinter Büchern und solchem Kram. Muß sein."

„Jeden Abend? Jetzt im Sommer?"

„Ich will schließlich nicht durchfallen bei der Aufnahmeprüfung. Frag deinen Vater. Der hat mich ins Gebet genommen."

„Es ist schon einer da von euch. Ein frecher Hund. Ich wußte gar nicht, daß bei euch solche sind. Küßt mir die Hand und sagt, das hat er in Polen gelernt."

Der freche Hund war natürlich Schmidt. Er saß mit Marschke am Tisch, und darauf häuften sich Notizen, Be-

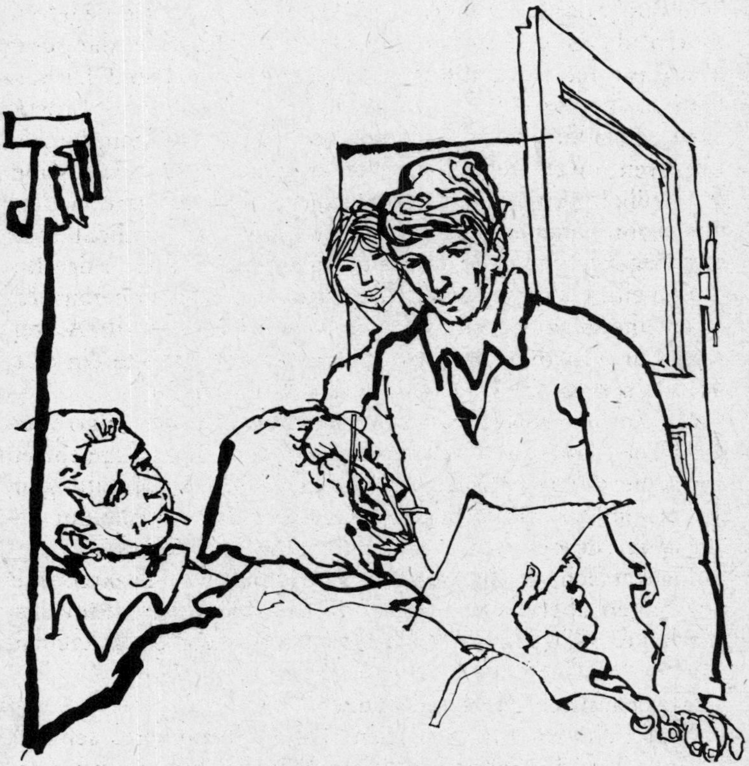

richte, Schnellhefter. Marschke schob seine Brille auf die Stirn und sagte: „Da kommst du ja doch noch. Hat's also bei dir im Kopf geklingelt."

Robert fiel ein, warum ihn Marschke heute bei Schichtschluß gefragt hatte, ob man sich heute noch einmal sähe. Sie wollten das Brigadebuch in Ordnung bringen. Die Marschke-Leute waren zum zweitenmal angetreten, den Titel einer sozialistischen Brigade zu erobern. Am siebenten Oktober sollte der Tag sein. Das hatten sie sich vorgenommen. Es war auch alles drin für sie, wie Marschke sagte, arbeitsmäßig auf jeden Fall. Sie standen gut da, bis auf gewisse Einschränkungen, vor allem was die Kultur betraf.

Das Brigadebuch war Marschkes unbestechliche Chronik. Dafür sorgte er unerbittlich, nur so sah er einen Sinn in diesem Buch, das zu führen genug Mühe machte. Alle Begebenheiten, die Gewicht hatten im Leben der Brigade, die guten wie die schlechten, die Auseinandersetzungen und Diskussionen, die Erfolge und Mißerfolge, Heiteres und Ernstes hielt Marschke getreulich fest. Und alles zu ordnen, zu formulieren und auch abzuschreiben war Roberts Aufgabe. Schließlich hatte er zehn Jahre die Schule besucht, und er hatte ohne Zweifel von allen die größte Geschicklichkeit in derartigen Dingen, seine gelegentliche Mitarbeit an der Betriebszeitung bewies das. Robert sah die ungeordneten Notizen und ging sofort mit wahrem Feuereifer an die Arbeit. Das war willkommene Ablenkung. Marschke holte ein paar Flaschen Bier. Schmidt warf sich in einen Sessel.

„So ein Federfuchser ist doch was wert", sagte er gönnerhaft, „bei der Armee hatte ich auch so einen Schriftgelehrten in meiner Gruppe. Wir machten die besten Wandzeitungen, waren einfach nicht zu schlagen. Der hat's bei mir gut gehabt, der Junge."

„Da hab ich ja Aussichten", meinte Robert, „da kann mir sozusagen überhaupt nichts passieren, wenn ich demnächst einrücke. Wirst mir ein Empfehlungsschreiben mitgeben, Dicker."

Hermann schrieb seine Notizen.

„Was ich rot unterstrichen habe, formuliere scharf", knurrte er, „die Sauerei mit dem Material hier ganz besonders. Man soll's lesen. Wenn sie schon die Tagebücher verlangen, dann werden wir ihnen nichts schenken, dann sollen sie es ganz genau wissen."

Robert schrieb, unterstrich und verwarf und war ganz bei der Sache. Doch gegen einundzwanzig Uhr legte er plötzlich alles beiseite und sagte: „Genug für heute. Macht's gut."

Kein gut gekühltes Bier konnte ihn halten, kein ruhiges Gespräch mit Marschke, kein Witz von Schmidt. Es war ihm eingefallen, daß er doch Anke von der Komischen Oper abholen könnte.

Auf der Treppe erinnerte er sich, daß er etwas vergessen hatte, und so stand er noch einmal vor dem verblüfften Marschke und fragte nach Falladas „Kleiner Mann – was nun?" und nach „Berlin Alexanderplatz". Hermann besaß den Fallada. Robert schlug das Buch in Zeitungspapier ein und stürmte die Treppe hinab. Oben ließ Schmidt eine Flasche Bier aufspringen und sagte: „Ein wunderlicher Knabe, unser Robert."

Marschke las die Aufzeichnungen, die Robert formuliert hatte, und sagte: „Er begreift schnell. Genauso hätte ich geschrieben, wenn ich's könnte. Manchmal spielt er ein bißchen verrückt, na wenn schon."

Robert suchte ein Taxi und beschimpfte innerlich das rückständige Transportwesen. Allerhand Fahrzeuge waren zu dieser Stunde auf den Straßen unterwegs, nur kein Wolga mit dem erleuchteten Schild „Taxi" auf dem Autodach. An einer Ecke hatte er dann doch Glück.

Ob die Zeit noch reichte, zum Schluß der Vorstellung am Theater zu sein?

Das Eingangsportal war noch erleuchtet, die Straße aber schon mit festlich gekleideten Menschen belebt. Wie sollte er in dem Gewimmel Anke finden? Er ging bis zum Eingang und sah den Frauen und Mädchen, die allein kamen, ins Gesicht. Aber vielleicht war sie nicht allein im Theater gewesen. Warum hatte sie seine Begleitung so entschieden zurückgewiesen? Robert stand und grollte und haderte und erschrak, als das Portal vor ihm geschlossen wurde und die Lampen in der Vorhalle erloschen. Auf der Straße waren nur noch wenige Passanten, die sich eilig entfernten.

Da hatte er also nicht richtig aufgepaßt. Er eilte zum Café hinüber, auf dessen Terrasse sie am Nachmittag gesessen hatten. Die Sonnenschirme standen zusammengefaltet wie kahle Fahnenmasten neben den Tischen. Trotz der späten Stunde waren alle Plätze besetzt. Seine kleine Hoffnung, daß er dort Anke treffen könnte, erfüllte sich nicht. Er setzte sich wieder auf den Rand des Springbrunnens. Er war nicht gerade traurig, sondern mehr nachdenklich gestimmt. Wegen des Mädchens war er hierhergekommen. Es hatte ihn also ganz schön erwischt. Die Neonlampen warfen mildes Licht, es brach sich in den Wasserfontänen. Aus den geöffneten Fenstern des Cafés kam Musik.

Robert wickelte das Buch aus. Es war hell genug, und er konnte die Schrift erkennen.

So begann er in der Sommernacht auf dem Springbrunnenrand an der Friedrichstraße die Geschichte von Lämmchen und Pinneberg zu lesen, die Geschichte von einem jungen Mädchen und einem jungen Mann. Eine richtige Liebesgeschichte aus einer ganz anderen Zeit . . .

3

Am nächsten Morgen erschien er als erster auf der Baustelle. Er hatte am vergangenen Abend noch eine Weile am Springbrunnen gelesen, bis jemand zu ihm gesagt hatte: „Sie werden sich die Augen verderben, junger Mann." Der ältere Herr war recht redselig gewesen, hatte sich neben Robert niedergelassen und gemeint, er wollte, wenn es erlaubt wäre, seine Füße im kühlen Wasser baden; aber das sei wohl nicht erlaubt, verständlicherweise, denn wie viele kämen sonst auf diesen naheliegenden Gedanken; doch der Wein, das müsse nun mal festgestellt werden, schmecke in solch einer Nacht besonders gut; früher wäre hier kein Springbrunnen gewesen, daran könne er sich noch genau erinnern und noch an so manches . . .

Robert hatte ihm eine Weile zugehört und war dann gegangen. Zu Hause schlief er sofort ein. Doch der Wecker, vorsorglich von Mutter aufgezogen, brauchte nicht zu schrillen. Robert lag schon früh wach und dachte an den vor ihm liegenden Tag, genauer: an das Denkmal des Alexander von Humboldt, an eine bestimmte Uhrzeit und damit an Anke. Er glaubte, heute müsse sich alles entscheiden. Er las im Fallada und stellte sich vor, Anke wäre das Lämmchen, denn schließlich hatte das auch blondes Haar. Aber sonst?

Nun aber saß er eine halbe Stunde vor Schichtbeginn auf den Stufen des Arbeitswagens. Die Spatzen schilpten im bröckligen Mauerwerk der Fassade, die Steinmetze und Maurer hatten noch nicht mit der Arbeit begonnen.

Marschke, gewöhnlich der erste, kam ohne Eile. Fast zu gleicher Zeit fuhr der Oberbauleiter Bertel mit seinem EMW-Gespann durch die Bauzaunlücke, und die Morgenstille war dahin. Max Bertel, jung und schnell, war ein außergewöhnlich begabter Organisator. Mit Leidenschaft widmete er sich der perfekten Meisterung der vielen Probleme einschließlich der zahlreichen Überraschungen. Bertel mußte man telefonieren hören, dann kannte man seine Fähigkeiten. Da gab es keine Ausflüchte, er brachte alles auf den einfachsten Nenner. Bertel war die Seele ihrer Betriebsabteilung. Nur mit den „Seelen“ der anderen, da kannte er sich nicht so recht aus oder wollte sich nicht auskennen. So bekam er oft Feuerwerk, dabei ging es nicht fein zu. Die Brigade Marschke hatte er – auf eigenwillige Art allerdings – ins Herz geschlossen. Er konnte fürchterlich auf sie fluchen, weil sie meist zuviel wissen wollten von ihm, ganz genau wissen wollten, warum er jene Maßnahme und nicht eine andere angeordnet habe, warum das nicht geklappt habe und jenes nicht, und die dann fragten, was er sich dabei gedacht habe als Verantwortlicher. Aber die Marschke-Leute gehörten zu seiner „Stoßreserve“, immer einsatzbereit, wenn es notwendig war und wenn man ihnen gründlich die Notwendigkeit erklärte.

Daran dachte Robert, als er Bertel von seiner Maschine absteigen und auf Marschke zugehen sah. Bertel sprach lange und lebhaft mit dem Brigadier. Er war einen Kopf größer als Marschke und beugte sich zu ihm hinab. Robert beunruhigte das, er hätte nicht sagen können warum, aber es war da etwas im Gange. Bertel war nicht hergekommen, um eine romantische Morgenstunde an der Kommode zu erleben, das wußte Robert genau. Er wurde in seinem Gefühl bestärkt, als Marschke und Bertel die Bohrpfähle besichtigten und Bertel die Arme ausbreitete und rief: „Dann ist ja alles in Ordnung, Hermann.“

Um sechs trafen sich alle am Arbeitswagen, Bogner, Schmidt und Glomm waren fast zur gleichen Zeit gekommen, und Bertel begrüßte sie mit der Bemerkung: „Ihr seht gut aus, Jungs.“ Schmidt erwiderte: „Danke für das Kompliment. Urlaub haben wir aber erst später.“ Marschke sagte, daß es notwendig sei, heute schon das Gerät zum Alexanderplatz umzusetzen, dort sei im Laufe der letzten Stunden eine wichtige Arbeit angefallen.

„Günstig ist, daß ihr gestern einen Bohrpfahl beendet habt“, meinte Bertel, „da gibt’s kein Durcheinander. Um sieben ist der Tieflader hier. Man wartet am Alex auf euch. Sie kommen sonst mit der Baugrube für das Kaufhaus nicht weiter. Eine blöde Situation. Wir haben kaum alte Pläne. Wir wissen einfach nicht genau, wie's unter dem Alex beschaffen ist. Da sackt plötzlich was weg. Bohrpfähle müssen rein. Möglichst bis gestern. So ist die Lage."

Das war die Lage. Durchaus nicht überraschend. Die Marschke-Leute erlebten das nicht zum erstenmal. Man würde zum Alex rollen und dort Bohrbock und Winden aufbauen. Es würden ein paar heiße Tage zu erwarten sein, und zwar unabhängig von den Launen des Wettergottes, das wußte jeder von ihnen. Wozu also viel reden. Um so erstaunter sahen alle Robert an, als der herausstieß: „Was ist denn das für eine Planerei? Warum machen wir unsere Arbeit hier nicht fertig? Da kommt jemand mit dem Motorrad angefahren, redet ein bißchen, und wir springen sofort. Wieso denn?"

Diesen Ausbruch hatte niemand erwartet, schon gar nicht in dieser eindeutigen Situation, da Marschke zugesagt hatte, und alle schwiegen eine Weile verblüfft. Robert aber dachte an Anke. Er hatte das Gefühl, was sich jetzt abspielte, der überraschende Besuch Bertels, die schnelle Zustimmung Marschkes, der Erdrutsch am Alex, das Schweigen der anderen, das alles hätte sich gegen ihn verschworen. Aber als sie ihn alle wortlos ansahen, erkannte er ernüchtert, daß es völliger Unsinn war, so eine Attacke zu reiten, denn keiner wußte doch von seinem Zustand, keiner wußte von dem vergangenen Nachmittag und der unruhigen Nacht und von diesem besonderen Tag für ihn. Und so sagte er: „Na ja, machen wir mal. Wird schon notwendig sein."

Seine plötzliche Sinnesänderung überraschte die Kumpel erneut, und wieder sagte keiner etwas dazu. Robert war der erste, der sich eine Brechstange holte und den Schraubenschlüssel, denn in einer Stunde würde der Tieflader auf die Baustelle rumpeln.

Als sie drei Stunden später mit dem schweren Fahrzeug auf die Straße einschwenkten, blickte Robert zu dem Alexander von Humboldt hinüber. Es waren erst vierundzwanzig Stunden vergangen, seit er dort mit der Dame Anke gesessen hatte. Er suchte nach dem Eisverkäufer. Aber er sah ihn nicht. Vielleicht hatte der sein Eis schon verkauft bis auf den letzten Rest. Heute war es noch heißer als gestern.

Robert behielt das Denkmal so lange wie möglich im Auge, reckte sich sogar hoch, was auf dem fahrenden Tieflader verboten war.

Auf dem Bauplatz Alex wirkte der mächtige Tieflader winzig, und als sie an den Rand der riesigen Grube herangefahren waren, die bald die Fundamente des Kaufhauses aufnehmen sollte, war der Umzug von der Kommode vollzogen, auch im Kopf.

„Mein lieber Mann", sagte Schmidt, „und hier sollen wir mit unserem Zahnstocher ran."

Bertel, der sie schon erwartete, trat hier genauso sicher auf wie sonst. Sein EMW-Gespann stand nicht weit entfernt auf einem Sandhügel. Von Bertel erfuhren sie, daß sie wegen der Dringlichkeit der Arbeiten in der vor ihnen liegenden Woche täglich zehn Stunden arbeiten sollten, die Genehmigung der Gewerkschaft sei eingeholt, die Betriebsleitung verständigt.

„Also, Jungs, zeigt, was ihr könnt. Auf euch blickt die Hauptstadt."

Hermann Marschke stand eine ganze Weile schweigend am Rand der Baugrube. Vielleicht dachte er an den Alex, den er seit seiner Kindheit kannte, und versuchte nun, seine Erinnerungen mit dem Bild in Einklang zu bringen, das er vor sich sah.

Robert hockte immer noch auf dem Tieflader und starrte feindselig zu Bertel hinüber. Hier fehlten also irgendwelche Pläne und Unterlagen, und diese elende Baugrube hatte irgendwo eine wunde Stelle. Stimmte das auch alles? War nicht vielleicht irgendein Bagger über sein Ziel hinausgefahren und hatte die Panne verursacht? Und der schnell handelnde Fuchs Bertel hatte seine Stoßreserve herangeholt. Zehn Stunden. Was blieb da noch vom Tag übrig, auch wenn man früh anfing. Und Urlaub? Daran war nicht zu denken. Aber Bertel schien sich vorzukommen wie Napoleon auf dem Feldherrnhügel und dachte bestimmt noch, der Brigade Marschke eine hohe Ehre angetan zu haben. Da gab's wieder was für die Zeitung. Und der Rubel rollte auch. Überstunden. Bei dieser Überlegung fand Robert einen Lichtblick in seiner düsteren Stimmung: Er könnte die zusätzlichen Scheine gut gebrauchen. Er würde Anke etwas kaufen. Dort drüben im alten Kaufhaus, bis zum Dach gefüllt mit allerhand Sachen, würde sich was finden. Ein Ring vielleicht. Paßte ein Ring zu Anke? Schwer zu sagen. Eine Tasche. Wußte man, ob sie was für Taschen übrig hatte? Ein Paar Schuhe. Neuestes Modell. Welche Art von Schuhen liebte sie?

„He, Robert!" rief Bertel, „der Tieflader wird noch woanders gebraucht. Und du, wie ich stark annehme, hier."

Da sprang Robert in den Sand. Und er hatte wieder Berührung mit der Wirklichkeit.

Es war äußerst schwierig, die Geräte in die Baugrube hinunterzuschaffen, eine Schinderei. Robert vergaß sogar Anke. Er schuftete und fluchte wie die anderen. Bertel blieb den ganzen Vormittag bei ihnen, und seine Hilfe war nützlich.

Als sie das Arbeitsgerät aufgebaut hatten, war es Mittag. Robert ging zum Kaufhaus hinüber. Er dachte wieder an Anke, und er hatte sein Geld gezählt und wollte etwas für sie kaufen.

Bertel schloß sich ihm an. Robert merkte das erst, als der neben ihm zu reden begann.

„Ist eine Schufterei. Was soll man aber machen, Robert? Ich versteh schon, was sich in deinem Kopf abspielt. Du siehst dort im Norden die Hochhäuser wachsen. Ein Wald von Kränen. Gleitbauweise, wenige Leute zu sehen, alles sinnvoll eingespielt. Moderne Technik. Und du? Du mußt wie ein Maulwurf in die Erde. Dein Gerät ist noch so wie vor fünfzig Jahren, von ein paar Verbesserungen abgesehen. Das Seltsame aber ist, Robert, daß du vorläufig die Arbeit dort nur mit diesem Gerät machen kannst. Zum Teufel noch mal, denkst du, die können sich doch was einfallen lassen, der Bertel zum Beispiel. Zu was haben die Brüder studiert? Na ja, der Bertel knobelt schon. Knobelt ihr mal auch. Aber die Ecke, an der ihr jetzt herumpriemt, das ist eine verfluchte Ecke. Wer wußte denn, daß dort ein uraltes Kanalisationsrohr entlanggeht. Kannst du dir vorstellen, unter welchen Bedingungen die das vor sechzig oder siebzig Jahren eingebuddelt haben? Mit diesen netten Überraschungen müssen wir eben fertig werden. Neulich fahre ich mit meiner Frau ins Theater, mit der S-Bahn da oben. Ich guck runter und denke: Mein lieber Mann, das ist schon ein Anblick, der dich andächtig werden läßt, diese Riesengrube. Und hier bist du dabei. Da hab ich plötzlich so etwas wie Sinn entdeckt, na, ich meine, mehr den Sinn erlebt. Ich hab unsere Wühlerei im Zusammenhang gesehen, so von oben. Das mußt du auch machen, Robert. Ich hab schon versucht, auf den Fernsehturm raufzukommen. Tatsache. Von dort muß der Eindruck noch großartiger sein. Ist mir aber leider nicht gelungen, hab keinen glaubhaften Grund gefunden. Bestechen lassen sich die Brüder nicht. Was habe ich schließlich dort oben zu suchen, wenn ich bei den Wühlmäusen bin. Und Verständnis für meine romantischen Anwandlungen haben die Leute nicht. Versteh ich. Wenn ich da runterfallen würde! – Wo gehst du denn hin, Robert?“

Sie waren stehengeblieben, inmitten der Baugruben und Kräne, der Materialstapel, der Bauarbeiterwagen, eingehüllt in Lärm und Staub und Hitze.

„Zum Kaufhaus will ich mal rüber.“

„Na, dann mach's gut.“ Bertel bog ab zu einer Baubude. Robert blickte ihm nach.

Bertel und romantische Vorstellungen. Bertel und Gedanken über die Baustelle und den großen Zusammenhang und sein Wunsch, auf den Fernsehturm zu kommen und von dort, aus zweihundert Meter Höhe, sein Werk zu betrachten. Wer hätte ihm das zugetraut. Wer hätte ihm überhaupt so eine lange Äußerung zugetraut, dem nüchternen Bauleiter. Wollte Bertel ihn trösten, weil er, Robert, am Morgen gemurrt hatte oder weil Bertel sein abweisendes Gesicht gesehen hatte während der Arbeit? Vielleicht hatte es Bertel aber einfach nur so gepackt, vielleicht wollte er das alles schon lange einmal sagen. Und nun war das eben geschehen auf ihrem zufälligen Gang über die Baustelle. Am Fernsehturm zog ein Kran Bauteile in die Höhe. Dort oben wehte bestimmt ein erfrischender Wind. Robert stellte sich den fertigen Fernsehturm vor, so wie er ihn von Modellen kannte, mit der Kugel und dem Café, und sah sich dort oben mit Anke. Ein Dumper quälte sich mit heulendem Motor durch den Sand. Robert sprang beiseite. Er lief nun auf dem kürzesten Weg zum Kaufhaus hinüber, schaute unterwegs auf die Uhr am Roten Rathaus. Noch drei Stunden, dann würde er

Anke sehen. Er schlenderte durch die Abteilungen, fand nichts, und die Zweifel waren wieder da. Was würde sie denn zu einem Geschenk sagen? Nach ein paar Stunden Bekanntschaft schon ein Geschenk. Und wenn sie es zurückwies?

Robert verließ das Kaufhaus. In der Automatengaststätte trank er ein Bier und aß zwei Bockwürste. Er lehnte an einem Tisch, er grübelte:

Was bilde ich mir ein? Ja, was denn? Mich läßt diese Anke nicht mehr los. Die Mädchen, die ich bisher kannte und die ich kenne, mit denen war das alles anders. Das war eben so selbstverständlich und ohne Komplikationen. Jedenfalls für mich gab's keine Komplikationen. Ich sah und küßte sie oder küßte sie nicht, sie waren angenehm; ich bin kein Stiesel, das Leben läßt sich leben. Aber vielleicht war bei der oder jener auch nicht alles so einfach, vielleicht hat die eine gelächelt und geküßt, ist mitgekommen in die dunklen Hausflure, in den Park mit den versteckten Bänken, und daran haben sich Sehnsucht geknüpft, Zweifel, Hoffnungen, Betrübnis, Freude – und dann Enttäuschung.

Robert holte sich noch ein Bier aus dem Automaten. Er konnte sich nun vorstellen, wie das ist, wenn man sich aus Liebeskummer vollaufen läßt, einfach vollaufen, bis man alles gemildert sieht. Und er wünschte sich, daß der Bertel jetzt hier wäre. Den könnte man fragen. Den könnte man ausquetschen. Bertel, du alte Kanone, was bist du denn für einer? Sag, wie du lebst. Warum, Bertel, bist du so ein fanatischer Bauleiter? Was treibt dich denn eigentlich, Bertel, warum treibst du mich? Schließlich hast du mich dazu gebracht, daß ich im Herbst mit dem Meisterlehrgang beginne.

Robert, der am Stehtisch das dritte Bier trank – es war sehr heiß, und mit Verwunderung merkte er, wie sein Kopf schwer wurde –, stürzte plötzlich zur Ausgangstür, dabei riß er fast einen korpulenten Herrn um. Er glaubte, draußen wäre Anke vorübergegangen. Aber das war eine Täuschung. Sie hatte jedoch einen Vorteil, Robert ging nicht mehr zurück in die Gaststätte. Dafür fesselte ihn der Mann mit den Scherenschnitten. Schon manchmal hatte er sich darüber gewundert, wenn er am Alex vorübergekommen war, wieso dieses merkwürdige Handwerk solchen Anklang fand. Nun aber ertappte er sich bei dem Gedanken, sich dort auch mal hinzustellen und von seinem edlen Haupt einen Schattenriß anfertigen zu lassen. Wäre das kein Geschenk für Anke? Das wäre lustig und ein bißchen mit Selbstironie verbunden, denn wußte man, was der eigne Kopf für einen Umriß haben würde?

Robert hatte noch Zeit. Er trat an den Stand und sagte: „Ich möchte meinen Kopf haben. Es muß schnell gehen, doch er muß auch schön werden."

Der Scherenschnittmeister musterte Robert aufmerksam. „Sie stellen Bedingungen, junger Mann. Aber Ihr Kopf eignet sich. Geradezu klassisch. Stellen Sie sich hin. Nicht wakkeln. Sie sind vom Bau, was? Sie sind nicht der erste. Es spricht sich halt herum, daß bei mir Kunst gemacht wird. Was unterscheidet mich, junger Mann, vom simplen Fotografen? Das wissen Sie natürlich nicht. Auf dem Foto sehen Sie Ihr Gesicht. Nun, schlechthin Ihr Gesicht. Meistens grinsen Sie. Das wird gewünscht. Von der Familie oder von der Liebsten. Man möchte eben immer lachende Menschen vor sich haben. Aber mit dem Lachen, das ist so eine Sache, junger Mann. Mancher kann's bei jeder Gelegenheit, was nichts besagt über die Qualität des Lachens. Es kann zum Beispiel dreckig sein, gemein oder dumm. Na, sehen Sie, das spiegelt sich dann alles platt auf dem Foto wider. Oder so ein einfältig-lieblicher Ausdruck. Na, Sie wissen ja, unter dem Motto: Bitte, recht freundlich! Oder: Bitte, recht brav. Also, Foto ist keine Kunst. Aber bei mir, junger Freund, wird das Charakteristische am Menschen wiedergegeben, der Kopf. Im Kopf schließlich, das kann keiner abstreiten, ist das Gebilde beheimatet, das den Menschen erst zum Menschen macht. Wenngleich es auch hier Ausnahmen gibt. Die Umrisse des Kopfes, der Ansatz des Halses, in der verschiedenartigsten Ausbildung, das ist der Gegenstand meiner Kunst, vor 150 Jahren noch in voller Blüte, von mir heute sorgsam bewahrt und in die Zukunft weitergegeben. Nun, junger Mann, fertig ist das Porträt. Sie staunen. Ja, das ist Ihr Haupt. Da steckt allerhand drin. Mein Schnitt gibt darüber Auskunft. Zwei Mark, wenn ich bitten darf."

Nun hielt Robert sein Konterfei in der Hand. Seltsam genug, es war sein Kopf, und man konnte sich sehr leicht das

Gesicht des Robert Weißgerber vorstellen. Das war überhaupt der Vorteil dieses Scherenschnitts, er ließ der Phantasie freien Raum.

Robert verbarg das Geschenk für Anke unter seinem Hemd und beeilte sich, an den Arbeitsplatz zu kommen. Als er den Rand der Baugrube erreichte, stiegen seine Kumpel gerade die Leiter hinab, Marschke vorneweg.

„Da ist er ja", sagte Schmidt, „der verlorene Sohn ist wieder da. Wir wollten schon eine Vermißtenanzeige aufgeben. Junger Mann ohne Kopf, im gelben Hemd und ansonsten noch recht beieinander, gesucht."

Robert sagte auf der Sohle zu Glomm: „Ich brauche heute nachmittag mal dein Fahrrad."

„Du brauchst meinen Renner ...?"

„Für eine halbe Stunde."

„Warum?"

„Na, ich brauch ihn. Willst du ihn mir nun geben oder nicht?"

„Schalte aber nicht. Die Schaltung ist hinüber. Springt immer ab."

„Gut, ich schalte nicht. Garantie übernehm ich auch. Zufrieden?"

Dieter Schmidt bemerkte: „Er hat nur noch Geheimnisse, der Junge."

„Hast du keine?" fragte Robert.

„Hin und wieder", meinte Schmidt, „da ist bloß ein Unterschied zu dir, bei mir merkt man nicht, daß ich welche habe."

„Bist eben ein ganz toller Hecht."

Kurz vor fünfzehn Uhr ging Robert zu Hermann Marschke und sagte: „Ich muß für eine halbe Stunde weg."

Hermann betrachtete Robert und fragte: „Muß das sein?"

„Ja. Ich wußte ja nicht, daß wir heute länger machen."

„Eine halbe Stunde."

„Ich brauche nicht länger."

Robert kletterte aus der Baugrube und spürte, daß die anderen ihm nachsahen. Aber er drehte sich nicht um. Er hatte sich ausgerechnet, daß er pünktlich um fünfzehn Uhr an der Universität sein würde. Er sah sich den Scherenschnitt noch einmal an und fand jetzt, der wäre für Anke die richtige Erinnerung an ihn.

Er trat kräftig an, und Glomms Renner rollte nicht schlecht. Bis zur nächsten Querstraße. Dort hielt eine Autoschlange. Robert hörte in Abständen Signaltöne und wußte, daß er es nicht rechtzeitig schaffen würde bis zur Universität, er war in eine Sprengung hineingekommen. Er schob sich dicht an die Postenkette heran, spähte nach rechts und links, aber es war sinnlos, es war kein Durchkommen, der Umweg würde noch mehr Zeit kosten. Da lag zwischen ihm und Anke ein Häuserblock mit leeren Fensterhöhlen, herausgerissenem Holz und Metall, ein ehemaliges Bankgebäude vielleicht, wie der Baustil vermuten ließ, kunstvoll bespickt mit Sprengpatronen, das jeden Augenblick zusammenfallen mußte.

Noch rührte sich nichts, noch rannten in der Nähe des zum Tode verurteilten Hauses Männer mit roten Schutzhelmen umher.

Robert schaute zum Rathaus hinüber. Der Zeiger an der Turmuhr rückte unablässig vor. Dieser Tag blieb in seiner Art konsequent. Es hatte sich alles gegen Robert verschworen.

Endlich fiel der Häuserblock in sich zusammen. Langsam schwebte eine Staubwolke in die Höhe, breitete sich aus und bedeckte alles, auch die Bäume am Straßenrand, mit einer weißlichen Kalkschicht.

Die Sprengwolke hatte sich kaum verzogen, das Horn des Sprengmeisters kaum die Straße freigegeben, da raste Robert weiter, wich den Ziegelbrocken aus und den zersplitterten Brettern, hörte zornige Worte über den Verrückten, der nicht einmal ein paar Minuten Zeit hätte, und zehn Minuten nach fünfzehn Uhr sprang er am Humboldtdenkmal vom Rad.

Anke war nicht dort.

Robert stand vor dem Denkmal und starrte zu dem steinernen Mann hoch, als könnte der ihm sagen, wo das Mädchen sei.

Mußte man schon nach zehn Minuten weglaufen? Hatte sie die Sprengwolke nicht gesehen? War sie überhaupt gekommen? War sie noch in Berlin? War das gestern auf der Terrasse vor dem Springbrunnen der Abschied gewesen?

Ihn durchfuhr der Gedanke, daß ja alles Unsinn sei, was

er in diesem Augenblick dachte. Anke könnte drüben an der Kommode sein. Sie wußte ja nicht, daß der Max Bertel gekommen war und der Bohrbock jetzt in der großen Baugrube am Alex stand.

Er schwang sich auf das Rad und kurvte zur anderen Straßenseite hinüber. An der Bauzaunlücke sah er Anke. Sie lehnte mit der Schulter am letzten Pfosten und hatte auch den Kopf ans Holz gelegt. Sie blickte heute aber nicht zum Sims der Kommode hinauf, heute fesselten keine Sandsteinfiguren ihre Aufmerksamkeit. Ihre Haltung wirkte weich und hilflos. Robert lehnte das Fahrrad an den Zaun.

Sie war gekommen. Warum hatte er gezweifelt? Er stand eine Weile und sah sie von der Seite an. Sie bemerkte ihn nicht. Robert hätte gern gewußt, welchen Gedanken sie nachhing.

Er sagte: „Hallo, Kollegin Anke!"

Sie erschrak und sah ihn an, veränderte aber ihre Haltung nicht.

„Durch Sprengwolken hab ich mich zu Ihnen durchschlagen müssen. Über eine mit Ziegelbrocken bedeckte Straße mußte ich mir den Weg bahnen", sagte Robert.

Anke lächelte, richtete sich auf und hatte wieder die ihm vertraute straffe Haltung.

„Und ich hab gedacht: Nun sind die roten Teufel verschwunden. Über Nacht sind sie abgefahren, diese Brunnenbauer. Keine Spur mehr zu entdecken. Ich hab mir die Augen gerieben und gedacht: Vielleicht war der gestrige Tag eine Sinnestäuschung, vielleicht hab ich ihn gar nicht erlebt. Aber jetzt stehen Sie vor mir. Lassen Sie sich ansehen. Sind Sie's auch wirklich?"

„Hier meine Hand. Packen Sie fest zu. Ich bin's."

„Tatsächlich, der Herr Robert", meinte sie.

Er blickte ihr in die Augen.

„Tatsächlich, die Dame Anke. Die Augen verraten's."

„Wieso die Augen?"

„Die fallen sofort auf. Die Augen müßten bei Ihnen eigentlich blau sein. Blond und blauäugig, das ist so ein Begriff. Aber Ihre Augen sind dunkel. Und wie dunkel."

Anke lachte. „Sehen Sie, so kann man sich irren. Das Haar hab ich von der Mutter geerbt, die Augen hat mir mein Vater vermacht. Das ist das ganze Geheimnis."

Sie sahen sich an.

„Warum seid ihr denn plötzlich verschwunden?"

„Ein Zauberer kam heute morgen. Er heißt Max Bertel. Und als moderner Zauberer fährt er ein Motorrad. Und er hat uns kraft seines Amtes zum Alex dirigiert. Dort stecken wir gerade in einer tiefen Baugrube und versuchen irgendeine Tücke des Berliner Untergrunds auszubügeln. Keine Kultur mehr, keine historischen Fassaden, bloß noch Baugruben, Lehm und Sandwände."

„Aha, also jetzt hab ich einen der berühmten Erbauer des neuen Alex vor mir. Das muß ich wohl besonders würdigen."

„Klar müssen Sie das", sagte Robert, „sonst werden Sie aus Berlin ausgewiesen. Und nun muß ich bald zurück zum Alex. Ich wollte Ihnen nur sagen, daß wir vorläufig zehn Stunden am Tag ans Bein binden müssen. Suchen Sie sich aber auf keinen Fall einen anderen Berlin-Führer. Ich schaffe es trotzdem. Ab morgen bin ich ab sechzehn Uhr zu haben. Bleiben Sie mir treu?"

Anke war zum Fahrrad gegangen.

„Ist das Ihr Rad, Robert?"

„Der Renner gehört Glomm, unserem Langen, der vier Kinder hat und jetzt zwei Tandems baut."

„Er rollt gut, ja?"

„Man tritt schon was weg mit dem Ding."

„Darf ich mal?"

„Sie können's ja versuchen."

Er sah erstaunt, wie rasch das Mädchen auf dem Rennsattel saß. Es bestanden ja Schwierigkeiten durch das Kleid, das sie trug. Aber das war ein Sommerkleid und ziemlich kurz, und Ankes Beine konnten sich sehen lassen.

Robert lehnte sich in den Schatten des Bauzaunes und betrachtete Ankes Fahrkünste. Sie radelte bis zur Kirche, umrundete dort einen Touristenbus aus Schweden, und zwar zum offensichtlichen Vergnügen der männlichen Insassen, wie Robert ohne besondere Freude sah, und sprang nach einem kleinen Spurt vor ihm vom Fahrrad.

„Das war Klasse. Grüßen Sie Ihren Kollegen Familienvater. Sagen Sie ihm, daß ich zum erstenmal auf so einem Renner gesessen habe. Doch jetzt hab ich Sie aufgehalten. Sie müssen sicher schnell wieder zu Ihrer Truppe."

Robert sagte: „Wo treffen wir uns heute?"

„Heute?"

„Wir haben es uns doch vorgenommen."

„Aber es war ein harter Tag für Sie."

„Wir halten schon was aus. Sie brauchen sich keine Sorgen zu machen."

„Wie Sie wollen", sagte Anke, „dann um sechs auf unserer Terrasse am Springbrunnen, Sie wissen ja."

Robert schwang sich auf das Rad. Es war Zeit. Marschke würde schon auf die Uhr schauen. Aber dann zog Robert noch schnell den Scherenschnitt hervor, den er sorgfältig in

Ölpapier eingewickelt hatte. Bis jetzt hatte er gezögert. Würde sie lachen, würde sie spotten? Oder würde sie einfach schweigen, ganz gleichgültig schweigen?

„Etwas für Sie", sagte er beklommen, „wenn's Ihnen nicht gefällt, werfen Sie's weg. Tschüs!"

„Bis dann, Robert."

Er trat an, ging sogar aus dem Sattel. Erst als er in die Straße Unter den Linden einbog, schaute er sich um. Anke stand immer noch an der Bauzaunlücke, am Tor gewissermaßen, durch das sie gestern eingetreten war in die Welt der Bauarbeiter, in Roberts Welt, und winkte mit dem gelben Ölpapier, mit seinem Scherenschnitt, den sie sich wahrscheinlich gleich ansehen würde.

Auf dem Rückweg fuhr Robert wieder an dem gesprengten Häuserblock vorüber, die Straße war freigeräumt, ein Bagger fraß sich in den Schuttberg hinein.

Marschke sah tatsächlich auf die Uhr, Robert berichtete von der Sprengung und dem unfreiwilligen Aufenthalt.

„So, eine Sprengung. Na ja, das kommt vor in unserer Gegend", meinte Marschke, „löse mal den Schmidt ab. Der soll eine Pause einlegen. In dieser Erde scheint heute Pech zu stecken. Das klebt am Metall. So was erlebt unsereiner auch nicht alle Tage. Und du hast dir also eine Sprengung angesehen?"

Überrascht schaute Robert seinen Brigadier an, sagte aber nichts, sondern folgte Marschkes Anweisung. Schmidt war über und über mit feuchter Erde bespritzt und brachte kein Wort heraus, nicht einmal einen Fluch, und das wollte was heißen.

Robert arbeitete wie ein Besessener und dachte an Anke. Da gab es kein Halten mehr, das wußte er nun genau. Er wollte ihr heute noch sagen, wie es um ihn bestellt war. Einfach so: Ich bin verrückt und völlig verdreht, wenn ich dich bloß sehe. Wer bist du? Erzähl mir alles. Oder lach mich aus. Lach mich so aus, daß ich ganz blaß werde vor Schreck und Wut, daß mir ein für allemal klar wird, du willst nichts von mir wissen. Was ich dann tue, weiß ich nicht, aber ich kann mit dir nicht weiter so sprechen wie bisher.

Bertel steckte seinen Kopf über den Baugrubenrand.

„Na, Jungs. Geht's voran?"

Robert warf einen Lehmklumpen hoch. Bertel aber wich geschickt aus und lachte. „Ich sehe, du bist noch gesund da unten."

Am Schichtschluß sagte Schmidt zu Robert: „Kommst du mit ein Bier trinken?"

„Das Brigadebuch ist noch nicht fertig. Ich will bloß daran erinnern", warf Marschke ein.

„Ich hab was vor", sagte Robert.

„Ein Rock steckt dahinter", bemerkte Bogner.

„Aber welcher?" rätselte Schmidt.

„Kann sie wenigstens einigermaßen tanzen?" fragte Bogner.

Robert aber schwieg. Als er sich eine Stunde später der Ecke Unter den Linden näherte, dachte er an sein Geschenk und nahm sich vor, Anke genau ins Gesicht zu blicken.

Der Springbrunnen warf seine Fontänen. Unter den bunten Sonnenschirmen auf der Terrasse war kein Platz mehr frei. Robert setzte sich auf den Springbrunnenrand. Er war von einer ungewohnten Unruhe und Spannung erfüllt. Mehrere Male hatte er inzwischen sein Vorhaben, mit Anke offen über seinen Zustand zu sprechen, verworfen und dann wieder für möglich gehalten. Doch nun, da er auf sie wartete, hatte ihn erneut sein Mut verlassen, und seine kritische Vernunft ließ ihn sein Verhalten in einem merkwürdigen Licht sehen. Aber wie es auch war und werden würde, er könnte doch mit ihr zusammen sein. Einfach so, als Fremdenführer.

Der Uhrzeiger lief. Robert kühlte seine Hände im Wasser und nahm sich vor, nicht mehr seine Augen unruhig umherwandern zu lassen über die Straße hinweg in die Richtung des S-Bahnhofs. Eine Weile hielt er das durch, eine ganze Weile betrachtete er die Wasserspiele der Fontäne, die Kaskaden aus Millionen Tropfen, die ununterbrochen hochgeschleudert wurden, herabfielen und sich in kleine Wellen verwandelten, in dauernder Unruhe. Dann aber richtete er sich auf und sah schnell in die Runde. Umsonst. Wieder starrte er auf das Wasser mit dem geheimen Wunsch, plötzlich müßte jemand neben ihm stehen und mit ruhiger, freundlicher Stimme sagen: Guten Abend, Herr Robert. Eine endlos lange Stunde wartete Robert, eine Stunde zwischen Qual und Hoffnung. Als er dann bemerkte, daß auf der Terrasse unter den Sonnenschirmen Plätze frei geworden waren, ging er dorthin und fand den Tisch, an dem sie gestern gesessen hatten. Ein Ober trat heran und fragte: „Sind Sie Herr Robert? Warten Sie auf eine Dame?"

„Ich", sagte Robert überrascht, „ach so, ja, Herr Robert, der bin ich schon."

„Ich habe Sie vor einer Stunde erwartet. Eine Dame bat mich, Ihnen einen Brief zu übergeben."

„Danke", sagte Robert, „vielen Dank."

Da lag der Brief nun auf dem Tisch. Ein schmales Kuvert und darauf in sauberer, klarer Handschrift: Für Herrn Robert. Unter den Linden Ecke Friedrichstraße. Auf der Terrasse.

Und auf der Rückseite stand: Absender: Die Dame Anke.

„Darf ich Ihnen etwas bringen, mein Herr?" fragte der Ober.

„Ja, bitte, einen Kaffee vielleicht. Oder besser einen Schnaps."

„Einen Kaffee also und einen Weinbrand. Edel oder Auslese? Einen rumänischen? Wir haben auch sowjetischen da."

„Ja, ja", sagte Robert, „einen sowjetischen."

Der Ober entfernte sich. Robert griff mit zitternden Händen nach dem Briefumschlag und mußte sich eingestehen, daß er eine solche angstvolle Spannung noch nie empfunden hatte.

Ein Brief von Anke. Das Ende der Geschichte, das sang- und klanglose Ende. Aber wenigstens noch ein Brief von ihr, dem Ober übergeben. Bestimmt hatte sie das Anliegen mit ihrer ruhigen Stimme vorgetragen und mit dem Lächeln, dem man einfach nicht widerstehen konnte.

Robert ließ den Brief liegen und wartete auf den Kognak, doch er starrte unverwandt auf das schmale Papier.

Der Ober brachte Kognak und Kaffee, sah den noch ungeöffneten Umschlag, schob ihn vorsichtig beiseite, um Platz zu machen für das Tablett.

„Bitte sehr", sagte er, und schon im Gehen fügte er hinzu: „Die junge Frau hat es mir ans Herz gelegt, Ihnen unbedingt den Brief zu geben."

Robert blickte dem höflichen Ober nach, der für Anke die Anrede „junge Frau" benutzt hatte. Und Robert trank den

Kognak, dann riß er den Umschlag auf. Er glättete das Papier sorgfältig. Auf dem Briefbogen war ein Foto abgedruckt, eine Stadt, von der See her gesehen, Stralsund. Und dann der Brief:

Lieber Herr Robert!
Erschrecken Sie bitte nicht, daß Sie statt meiner seltsamen Person diesen Brief vorfinden. Der Herr Ober, der Ihnen diese Zeilen überreicht, wird sicherlich Ihre Zustimmung finden. Er ist ein Mann von ausgesuchter Höflichkeit und offensichtlich auch zuverlässig. Sie werden an seiner Art sicherlich Vergnügen haben, humorvoll wie Sie sind, was ich schon festgestellt zu haben glaube. Die lange Einleitung bitte ich zu entschuldigen, denn ich sitze hier, lieber Herr Robert, in dieser Affenhitze, und das zweite Glas Cinzano ist geleert bis auf den Grund. Da macht sich bei mir eine gewisse Geschwätzigkeit bemerkbar. Sonst bin ich nicht so. Oder haben Sie den Eindruck? Der Cinzano übrigens (er schmeckt ausgezeichnet, muß ich Ihnen gestehen) oder besser gesagt die Leute, die ihn mir spendiert haben, sind schuld, daß ich unser heutiges Zusammentreffen nicht wahrnehmen kann. Ich drücke mich ein wenig geschwollen aus, finden Sie nicht auch? Aber ist ja egal. Ich traf diese Leute, angenehme übrigens, auf der Straße. Wir sind zusammen groß geworden und zur Schule gegangen, und nun gehen sie weit fort in die Welt. So befinden wir uns in einer Art Abschiedsfeier, wobei ich mich aber schon eine Weile standhaft weigere, das dritte Glas Cinzano zu leeren. Es lockt natürlich, lieber Herr Robert, es lockt ungeheuer. Eisstückchen schwimmen auf dem edlen Getränk. Und es schmeckt. Wenn wir beide noch mal zusammenkommen, dann trinken wir auch Cinzano. Bloß das Zeug ist sündhaft teuer. Die Leute hier haben soviel Geld, weil sie übermorgen abreisen. Da lassen sie es sich noch mal was kosten. Übrigens, die sind vielleicht neugierig. Sie wollen andauernd wissen, was ich und wem ich schreibe. Pustekuchen, liebe Freunde aus der Heimatstadt, ihr Neugierigen. Das wird nicht verraten. Der Herr Robert ist mein Geheimnis. Ich kann nur an Wert gewinnen, wenn ich ein Geheimnis habe. Meinen Sie nicht auch? War die Arbeit heute schwer? Ich könnte mir vorstellen, daß bei dieser

Hitze fast nicht zu arbeiten ist. Und jetzt will ich mich noch bedanken, fast hätte ich es vergessen. Sie sind für originelle Sachen, lieber Herr Robert. Das gefällt mir. Ich nehme den Scherenschnitt aus dem Ölpapier, kaum waren Sie um die Ecke gefahren, und denke: Den kennst du doch. Das ist der Herr Robert mal ganz anders. Finde ich nett, und er steckt nun in meiner Tasche. Auch das bleibt mein Geheimnis. Wie sind Sie denn auf die Idee gekommen? Na, eben so, wie? Und jetzt stellt mir da einer der Weltreisenden den Cinzano fast auf mein Briefpapier. Eigentlich müßte ich grollen. Aber ich habe einen anderen Gedanken: Ich trinke das Glas auf Ihr Wohl und das Ihrer roten Teufel. Und nun ärgern Sie sich nicht mehr. Vielleicht sind Sie auch ganz froh, daß Sie heute von meiner anstrengenden Anwesenheit verschont bleiben? Kann doch sein, Herr Robert. Irgendwann melde ich mich bei Ihnen. Irgendwann.

Alles Gute und tschüs
Ihre Dame Anke

P S Das Bildchen da oben auf dem Briefbogen soll meine Heimatstadt darstellen. Ein bißchen simpel und undeutlich. In Wirklichkeit sieht das viel schöner aus. Aber vielleicht kennen Sie Stralsund, und ich säusele Ihnen die Ohren voll. Wissen Sie, daß mich die Kerle, die in die Welt reisen und auch aus dieser schönen Stadt stammen, nun zum vierten Cinzano einladen? Sie wollen auf Stralsund anstoßen. Sie weinen bald vor Rührung, die lieben Jungs. Na so was. Ich schlage aber jetzt endgültig ab. Ich bleibe eisern. Doch auf Stralsund könnte man schließlich einen trinken. Sie wären bestimmt nicht dagegen, lieber Herr Robert. Sie trinken doch auch ganz gerne einen auf Ihr Berlin! Aber nun Schluß! Der eine schielt mir schon über die Schulter. Möchte eben zu gerne wissen, was hier drin steht. Er sagt was von großer Liebe und so. Einfallslos wie immer, die Kerle in dem Alter. Wenn die wüßten! Ich könnte denen ja das Foto vom Bildreporter Reuter zeigen. Da hab ich gestern abend noch im Bett gelacht. Das war eine Kanone. Also jetzt hebe ich noch das Glas und stoße auf Stralsund an. Das kann ich ja nicht ausschlagen. Also Prost! Dann ist Schluß. Dann gehen wir Abendbrot essen. Wird auch höchste Zeit. Sonst singen wir hier noch in dem vornehmen Lokal. Und das, lieber Herr Robert, geht ja nun nicht, denn wir hier sind schließlich kühle Nordländer.

Da saß nun der Herr Robert und hatte den Brief gelesen, er las ihn noch einmal, und auch das würde nicht das letztemal sein. Darin zeigte sich ihm das Mädchen Anke auf eine ganz seltsame Art. Ihre Worte auf dem weißen Briefpapier stürzten Robert noch tiefer in Verwirrung. Unten auf dem Bogen entdeckte er einen kleinen Fleck, der nur vom Cinzano herrühren konnte. Und sie hatte vier Gläser getrunken, und einer der „Weltreisenden" hatte ihr das Glas auf den Brief geschoben.

Die „Weltreisenden". Was waren das für Kerle? Ehemalige Mitschüler? Bekannte? Freunde? Zufällig hatten sie sich getroffen. Zufällig? Und das also war der Grund, ihn, Robert, aufsitzen zu lassen. Der Cinzano. Natürlich, dieser Cinzano hatte schuld. Robert hatte noch nie Cinzano getrunken. Er könnte den Ober rufen und Cinzano bestellen. Er könnte den Ober auch nach Anke und den „Weltreisenden" fragen. Lieber nicht.

Der Brief enthielt viel Vertraulichkeit mit dem „Herrn Robert", viel mehr, als bisher in allem gewesen war, was sie an den beiden Tagen, in den kurzen Stunden, miteinander gesprochen hatten. Es fiel ihm nicht leicht, sich die kühle, sachliche Anke vorzustellen und diese Worte von ihr zu lesen. Und doch, Robert, mach dir nichts vor. Ist da nicht viel Spott und Ironie? Das Spiel macht ihr Spaß. Sie ist klug und versteht sich auszudrücken. Sie stellt sich vor, wie dieser Brief auf den einfältigen Herrn Robert wirken wird. Sollte man nicht das Papier in tausend Schnitzel zerreißen und in den ersten besten Papierkorb werfen? Alle Sorgen und Probleme bist du dann los. Bist du sie wirklich los, Robert? Sagt dieser Brief nicht viel mehr zwischen den Zeilen? – Mein Geheimnis ist der Herr Robert. – Aus Stralsund ist sie also. Aus dem Norden, wie angenommen. Robert erinnert sich, daß er als Kind einmal von Rügen kommend mit einem schneeweißen Dampfer an Stralsund vorbeigefahren war. Er hatte aber nur noch die Brücke über den Sund, die sich in die Höhe schob, als das Schiff davor lag, in Erinnerung und vielleicht noch das Trockendock einer Werft, ein Schiff, das eingerahmt von Gerüsten auf Land gezogen war.

Als er dann an der Kreuzung stand vor den Ampeln, die ununterbrochen das Geschehen auf Straße und Gehweg regelten, erfaßte ihn der große Katzenjammer. Wohin nun? Nach Hause? Anke wird jetzt irgendwo mit diesen Burschen sitzen und gut zu Abend essen. Sie werden um die Gunst der Schönen wetteifern. Und Anke wird ihr Lächeln verteilen und vielleicht auch ihren Spott, oder auch nicht. Sie wird das Lächeln nur einem schenken und den anderen den Spott. Was ist denn da zu machen, Robert? Gar nichts. Einen heben. Dieter Schmidt aufsuchen und mit dem quatschen. So richtig dußliges Zeug. Die ganze Nacht. Oder mit Dieter zu Hermann gehen und Skat spielen. Die ganze Nacht. Zum Teufel mit dem Gefühl für diese Anke. Zum Teufel mit der verrückten Einbildung.

Bei Schmidt, er wohnte drei Straßen von Robert entfernt, traf er niemanden an. Das war Robert, als er wieder auf der Straße stand, ganz angenehm. Was hätte er mit Dieter reden sollen? Er wäre doch auf Anke und seinen Kummer zu sprechen gekommen. Was hieß aber Kummer? Er hätte Dieter nur verworrenes Zeug erzählen können und wahrscheinlich milden Spott geerntet. Zu Hause, er war allein, seine Mutter hatte Schichtdienst oder Versammlung, setzte er sich an das Fenster seiner Kammer und starrte hinaus. Dann las er Ankes Brief noch einmal, langsam, Wort für Wort. Er nahm sich Papier und einen Kugelschreiber und wollte auch einen Brief entwerfen. Er saß eine Weile, und es fiel ihm nichts ein, nichts Gescheites, nichts, was der Art des Briefes, den er erhalten hatte, entsprach. Er ärgerte sich darüber, denn er war doch sonst keineswegs verlegen in Gesprächen, und Briefe hatte er schließlich auch schon geschrieben. Aber es half nichts. Und so legte Robert das Schreibzeug wieder beiseite und Ankes Brief auf das Tischchen neben der Couch. Weil er keine Ruhe fand, beschloß er, zu Marschke hinüberzugehen, wollte mit ihm am Brigadebuch priemen, wollte sich ablenken und ein paar Bier trinken, um dann schlafen zu können.

Es dämmerte bereits, als er vor Marschkes Haus stand. Es war ein warmer Juliabend, ein kleiner Wind hatte sich aufgemacht. Die Straßen waren ungewöhnlich belebt, auch viele

Kinder spielten noch, man wollte die abendliche Kühle genießen. Über den Dächern rötete sich der Himmel. Der Dunst des Tages war einer klaren Sicht gewichen. Vielleicht hatte das der Wind bewirkt. In den Hauseingängen standen die Bewohner, schwatzten oder schwiegen, und wo sich junge Leute aufhielten, war Musik aus den Kofferradios zu hören, heute jedoch nicht laut und grell. Robert blickte die Straße entlang, und die Müdigkeit des Tages war von ihm gewichen. Natürlich dachte er wieder an Anke, stellte sich lebhaft vor, wie sie vielleicht in diesem Augenblick mit den „Weltreisenden" in einem Gartenlokal saß, vielleicht auch auf der Terrasse an der Kreuzung. Und wenn sie nun mit ihm dort sitzen würde oder auf einer der Bänke Unter den Linden? Das wäre ein Abend geworden.

Oben bei Marschkes öffnete ihm Monika, und er erfuhr, daß Hermann heute erst spät nach Hause kommen würde, da wäre eine Versammlung im Wohngebiet, und Hermann sei nun mal für einiges verantwortlich. Robert stand unschlüssig vor der Tür, das Mädchen schwieg.

„Da haben wir Pech gehabt", sagte er.

Noch immer war die Tür geöffnet.

„Willst du reinkommen?" fragte Monika.

„Ich weiß nicht", sagte Robert zögernd.

„Hast du Angst?"

„Ach was! Komm mit, wir laufen ein Stück."

Es war, als hätte Monika nur darauf gewartet, abgeholt zu werden. Sie schloß sorgsam ab und sagte: „Früher sind wir hier immer das Geländer runtergerutscht. Kannst du dich erinnern?"

„Ja, natürlich weiß ich das noch, du warst besser, du hast die Kurven schneller genommen."

„Es gab immer Ärger", meinte das Mädchen, „aber ich konnt's nicht lassen. Einmal hab ich mir einen Holzsplitter in den Hintern gejagt. Das hat ganz schön gepikt. Aber du warst dabei, und da hab ich mir nichts anmerken lassen."

Robert lachte. „Wolln wir's heute noch mal versuchen? Eine Art Erinnerungsrutschen?"

„Lieber nicht", sagte Monika, „das Geländer ist wackliger, und wir sind auch ein paar Pfund schwerer. Wenn ich dich so sehe! Und ich natürlich auch."

Sie liefen die Treppe hinab. Monika trug einen engen schwarzen Rock und dazu eine weiße Bluse. Ihr dunkles Haar war kurz geschnitten. Sie kam in ihrer Figur nicht nach dem hageren Vater, mehr nach der Mutter, die gestorben war vor ein paar Jahren und die eine recht stattliche Frau gewesen war. Monika sprang immer vier Stufen auf einmal hinab. Vor der Haustür dehnte sie sich und atmete tief ein.

„Du hast recht, Robert. Wer heute in der Bude hockt, ist selber schuld." Und wie sie so dastand, ihr dunkles Gesicht von einem Lächeln verschönt, war sie auch von Robert nicht zu übersehen.

„Wohin nun?" fragte sie.

Robert sagte zögernd: „Wie wär's mit einem Bier. Schulzes Kastanienschuppen ist nicht zu verachten."

Und sie gingen zu Schulzes Kastanienschuppen, einem Lokal, das in der Gegend sehr beliebt war, im Sommer vor allem, weil man im Freien sitzen konnte neben einem Kiosk, wo Bier und anderes in Selbstbedienung ausgeschenkt wurde. Robert war schon eine Ewigkeit nicht in Schulzes Kastanienschuppen gewesen. Das letztemal mit einer Inge. Aber die wollte schnell wieder weg in den Park. – Sie fanden Platz an einem Gartentisch.

„Heute ist die flottere Kapelle da", sagte Monika, „der Schulze ist ein Pfiffiger. Er hat zwei Kapellen. Von Montag bis Mittwoch die flottere und von Donnerstag bis Sonntag die für die reiferen Jahrgänge."

„Übermäßig gut spielt die hier aber nicht gerade", meinte Robert.

„Die steigern das Tempo noch", versprach Monika.

„Bist du denn oft hier?"

„Nicht zu oft. Aber wo soll ich denn hin?"

Sie tranken Bier, weil sie durstig waren, und Monika verlangte noch einen doppelten Wodka.

Die Kapelle spielte, auf dem Betontanzboden, der von bunten Glühbirnen erleuchtet war, bewegten sich erst wenige Paare.

Das Bier prickelte angenehm in der Nase. Monika stützte die Arme auf den Tisch und schaute Robert an.

Nun saß er doch an diesem Sommerabend mit einem

Mädchen an einem Tisch und trank etwas. Cinzano allerdings nicht. Und das Mädchen war hübsch.

„Jetzt freu ich mich, daß du gekommen bist, Robert", sagte Monika.

Er fragte: „Wie geht's dir denn so?"

„Wie meinst du das?"

„Na, wie schon. Was macht die Arbeit? Treibst du noch Sport?"

„Ach so! Die Arbeit? Ich bin Brigadier an unserem Band. Hat dir Vater das noch nicht erzählt?"

„Nein", sagte Robert, „über so was redet Hermann nicht. Und nun willst du weitermachen, Meister und so?"

„Wozu, Robert? Ich hab keine rechte Lust. Es genügt mir doch, was ich jetzt habe."

Robert fragte erstaunt: „Und dein Vater, was sagt er dazu?"

„Was soll er sagen? Irgendwann heiratet unsereiner doch einmal. Und Kinder kommen schließlich auch. Ich seh ja täglich, wie's unseren Frauen dann geht. Da haben sie sich qualifiziert – und was dann? Kind krank, die Frau muß zu Hause bleiben. Der Mann studiert, die Frau steht zurück, opfert sich. Immer doppelte Belastung, ach, was sag ich, dreifache. Ist doch so."

„Du siehst aber schwarz."

„Ich seh die Tatsachen."

Sie schwiegen eine Weile.

„Und wenn du alles weißt", sagte Robert, „warum willst du dann überhaupt heiraten?"

„Das ist ja das Verrückte", sagte sie, „ich weiß das alles und doch . . . Die anderen wissen das ja auch alle, und trotzdem schnell rein ins Ehebett. Wir sind nun mal so beschaffen. Was verlangt man auch von uns? Na ja, die Sorgen hast du nicht. Sei so lieb und hol noch ein Bier."

Robert stellte sich an die Theke. Vor ihm war eine Schlange Wartender, und er hatte Zeit, zu Monika hinüberzusehen. Die Band trommelte jetzt schneller, und die Tanzfläche belebte sich. Da saß sie nun, die Monika Marschke. Aufgewachsen in diesem Viertel, ein hübsches Mädchen, und Robert wußte, daß sie für ihn was übrig hatte. Es könnte alles recht normal sein. Warum konnte er nicht auch für sie was übrig haben? Es wäre alles einfacher. Der Hermann Marschke wäre der Schwiegervater. Es würde sich kaum etwas ändern in ihren Beziehungen.

Er brachte das Bier an den Tisch. Sie trank durstig. Ihr lebhaftes Gesicht, die weichen Lippen, das alles versprach viel. Und warum sollte das nicht ausreichend sein für ein Leben?

„Komm, Robert, tanzen wir."

Sie gingen auf die Betonfläche, die Sohlen scharrten. Sie tanzten, berührten sich kaum, nur manchmal, und die Berührungen waren dann wie elektrische Schläge. Sie sahen sich unverwandt in die Augen. Schatten huschten über die Gesichter. Die weiße Bluse leuchtete. Monika lächelte nicht.

Robert stieg die Hitze zu Kopf. Die bunten Glühbirnenketten tanzten vor seinen Augen. Die breitausladenden Kronen der Kastanien erzeugten eine geheimnisvolle Dunkelheit, in der die Tanzenden nach dem letzten Trommelwirbel verschwanden. Robert legte den Arm um Monika, als sie zum Tisch zurückgingen. Sie atmete schnell.

Doch dann saßen sie sich wieder gegenüber. Es war ein Stuhl frei neben dem Mädchen, aber Robert hatte sich auf seinen Platz gesetzt.

„Die Jungs von der Band sind doch ganz gut", meinte er.

„Ich hab's dir ja gesagt."

Monika goß Robert von ihrem Bier in sein Glas.

„Laß doch. Ich hol noch was", wehrte er ab.

Sie hatte die Arme auf den Tisch gelegt. Er hätte ohne Mühe ihre Hände nehmen können, tat es aber nicht. In seinem Kopf spukte die andere, die Anke. Robert empfand es als eine Gemeinheit, der Monika Hoffnungen zu machen, die sich nicht erfüllen würden, jetzt jedenfalls nicht, in der nächsten Zeit nicht.

„Wir können ja nun gehen", sagte er.

Noch immer lagen Monikas Arme auf dem Tisch.

„Du mußt zeitig raus, nicht wahr?"

„Du kennst das ja von deinem Vater."

„Wir könnten aber doch noch eine halbe Stunde bleiben, Robert. Du verträgst doch was."

Er schwieg.

Da sagte sie: „Hast du denn überhaupt nichts mehr für mich übrig?"

Robert sagte erschrocken: „Was redest du für einen Unsinn. Wir kennen uns doch schon lange."

„Ja, wir kennen uns schon lange. Von dir bekam ich den ersten Liebesbrief. Das war in der siebenten Klasse. Himmel, war ich aufgeregt. Liebste Monika, hast du geschrieben. Du warst überhaupt freigebig mit dem Wort Liebe. Wie alle übrigens."

Robert lächelte. Er erinnerte sich an den aufregenden Tag, als er auf dem Schulhof Monika den Brief zusteckte. Es sollte heimlich sein, aber war natürlich von vielen gesehen worden. Eines Tages stand auch an einer Hauswand zu lesen: Robert liebt Monika.

„Du erinnerst dich also?" fragte Monika.

„Natürlich erinnere ich mich."

„So sehr weit liegt das noch nicht zurück, Robert!"

„Na doch. Ein paar Jahre sind schon eine ziemliche Zeit."

„Mann, bist du ein weiser Papa geworden. Wie du das so sagst."

Der plötzliche Umschlag in ihrem Ton verwunderte Robert. Er sagte: „Du hast recht. Der Abend ist angebrochen. Ich hol eine Flasche Wein. Reden wir ein bißchen. Was weiß man schon voneinander."

„Bring einen milden Weißwein. Laß dir keinen halbwarmen andrehen. Die haben hier einen Kühlschrank."

Er kaufte einen Weißwein aus Bulgarien. Der Wein schmeckte gut. Robert dachte an den Cinzano, den eine andere mit irgendwelchen „Weltreisenden" getrunken hatte. Und diese andere saß ohne jeden Zweifel jetzt auch irgendwo in der Stadt Berlin, und, wie anzunehmen war, nicht allein.

„Dann auf dein Wohl, Robert", sagte Monika.

„Prost", sagte er und schaute sie an. Sie sah noch verführerischer und hübscher aus als vorhin, vielleicht war das die Freude, daß er geblieben war, vielleicht waren es erneute Hoffnungen.

Robert sagte: „Der Schmidt ist, wie ich glaube, mächtig in dich verknallt."

Es war mehr eine Vermutung von ihm, und er sagte es auch

jetzt nur, um sich zu wehren, um sich selbst in der Abwehr zu stärken. Doch er hatte sich in seiner Partnerin getäuscht.

Sie lächelte. „Robert", sagte sie, „mit dem Schmidt geht es mir so, wie es dir wahrscheinlich mit mir geht. Ich find ihn nett, er hat eine freche Kodderschnauze, aber eine sympathische, er weiß was und ist alles andere als ein leichtfertiger Junge. Na, was will ich eigentlich mehr. Das ist eben die Frage, Robert. Was will ich mehr? Und das ist wohl auch bei dir die Frage. Und bei jedem schließlich."

Robert sagte, erstaunt über ihre Offenheit: „Das war schon immer die Frage. Viele, die ich kenne, haben sich die Frage zuwenig gestellt, glaube ich. Da geht dann manches schief – oder alles."

Sie tranken und schwiegen, schauten zur Tanzfläche hinüber und dachten bestimmt beide, daß dort viele sich auch ansehen, sich hin und wieder berühren im Rhythmus und das wie elektrische Schläge spüren. Und dann? Und weiter?

Plötzlich lachte Monika.

„Wie alt sind wir denn eigentlich, Robert?"

„Wir wissen's ja ganz genau. Du hast im gleichen Jahr wie ich Geburtstag, nur ein halbes Jahr später. Du hast es immer schwer gehabt mit Blumen. Ich bin ein Wintergeburtstagsmensch. An deinem Geburtstag blühen immer die Rosen. In diesem und auch in den letzten Jahren hab ich vergessen, dir zu gratulieren."

„Ich auch", sagte Monika, „und ich habe damit angefangen, das zu vergessen. So ist es."

„Du hast damit angefangen?"

„Ja, ich. Du hast mir noch einen Brief geschrieben. Und ich habe dir nicht geantwortet. Das war in der Zeit, als ich zur Sportschule ging."

„Ja, das stimmt", sagte Robert, „und ich hab mich gewundert damals. Ich weiß nicht, ob ich gekränkt war, aber gewundert hab ich mich."

Monika trank noch einen Schluck.

„Er schmeckt dir, wie ich sehe", sagte Robert und füllte erneut die Gläser.

Das Mädchen sagte: „Damals an der Sportschule hat's mich mächtig erwischt. Ich bin da mit einem Lehrer zusammen gewesen. Wir konnten uns nicht wehren. So was gibt's,

Robert. Er war ein großartiger Lehrer, ein toller Sportler. Er war alles für mich. Er konnte sich vor mir nicht retten. Und ich nicht vor ihm. Aber ich war schon verloren, ohne daß er etwas tat, nur weil er da war. Unsere Geschichte war schön und schlimm, aber sie hat nicht lange gedauert, nur ein paar Wochen. Niemand hat etwas gemerkt. Er ging dann fort von der Schule. Er ging, weil er ein anständiger Kerl war. Er war verheiratet und hatte zwei Kinder. So seh ich das heute, Robert. Damals ging die Welt für mich unter. Ich fuhr nach Hause und erzählte Vater alles. Du kennst ihn ja. Er sagte dann nur: Hör dort auf. Es ist besser. So kam ich wieder nach Hause. Und es war auch besser. Aber nicht gut, Robert. Nun bin ich hier, hab einen anständigen Beruf, bin Brigadeleiterin, und in meiner Brigade sind die meisten Frauen älter als ich. Ich kenne ihre Sorgen und ihre Fragen und ihre Geschichten. Das sind prächtige Frauen. Und ich denke mir immer: Was könnte aus denen noch werden, ich möchte sagen, aus vielen, wenn sie zu Hause nicht den Mann hätten und zwei oder drei Kinder. Bestimmt denke ich dabei oft ungerecht und einseitig. Aber irgendwie, Robert, stimmt da manches noch nicht. Wenn ich dann mal ganz hart bin zu den Männern, weil wieder was passiert ist mit einer aus meiner Truppe, dann denke ich schnell an meine Geschichte mit dem Lehrer. Ich habe mir in der letzten Zeit manchmal vorgestellt, wie das wäre, wenn wir beide zusammenkämen. Was bist du denn für einer, Robert? Kannst du dir das vorstellen mit uns beiden?"

Robert sagte betroffen: „Wie soll ich denn schon sein? Das weiß man doch selber am wenigsten."

„Vater hält große Stücke auf dich, er meint, du weißt nur noch nicht so genau, was du willst."

„Ich bin noch ein junger Spund", verteidigte sich Robert, „bald komm ich zur Armee. Was willst du da schon für Pläne machen."

„Und bei deiner Mutter hast du's gut. Zu gut. Der letzte zu Hause. Sie ist froh, daß sie dich hat."

„Das stimmt. Ich hab's gut bei ihr. Und wir verstehen uns auch. Ist das schlecht?"

„Nein, natürlich nicht", sagte Monika, „du hast aber meine Frage noch nicht beantwortet."

„Welche Frage?“
„Wie es wäre, wenn wir beide zusammenkämen?“
Robert sah Monika jetzt offen an.
„Ich weiß nicht, wie das wäre“, sagte er, „aber es ist nicht so. Und es wird ja auch nicht sein.“
Monika blickte zur Tanzfläche. Sie hatte sich zurückgelehnt, und deshalb war ihr Gesicht im Schatten.
„Bist du mir böse?“ fragte Robert.
„Blödsinn. Aber einen Tanz können wir noch mitnehmen. Los, Robert. Jetzt spielen sie was Scharfes.“
Monika tanzte besonders wild und riß Robert mit in den Wirbel. Sie tranken dann ihren Wein aus und gingen. Sie liefen durch die Straßen, kamen auch an der Schule vorbei, in die sie noch vor ein paar Jahren gegangen waren. Monika schlug vor, sich die vertraute Stätte näher anzusehen. Sie kletterten über den Zaun des Schulhofes und störten junge Leute im Schatten der beiden Kastanien. Vor Monikas Haus verabschiedeten sie sich. Man würde sich ja bald wiedersehen.
„Von Fenster zu Fenster“, sagte Robert.
„Ich hab unser Morsealphabet glatt vergessen.“
„Ich auch“, sagte Robert.
Die schwere Haustür schloß sich knarrend.
In seiner Kammer las Robert, auf seinem Bett sitzend, noch einmal den Brief von Anke. Er trat nicht ans Fenster und warf keinen Blick zum Nachbarhinterhaus hinüber. Er las den Brief. Jetzt erst erfaßte er die Bedeutung des Satzes: Irgendwann sehen wir uns wieder. – Irgendwann. Also kein Zeitpunkt, kein Ort. Nicht morgen. Irgendwann. Wieso war ihm das nicht schon eher aufgefallen?
Wann wird das Irgendwann sein?
Der Wein, der Tanz hatten ihn müde gemacht. Und nun war er wieder hellwach. Der Brief beschwor vor ihm das Mädchen Anke herauf. Ihre dunklen Augen sahen ihn an, ihr Mund formte Sätze, seltsame Sätze, nie gehörte.
Stimmt das auch alles, was du dir jetzt einbildest? Du bist übermüdet, der Tag hat dich geschafft.
Robert las noch eine Weile in „Kleiner Mann – was nun?“. Er las, bis ihm das Buch aufs Gesicht fiel und dann hinunterglitt auf den Fußboden.

4

Am Morgen war ein Gewitterguß über dem Alexanderplatz niedergegangen. Er hatte die Luft klar und frisch gemacht. Fuhr ein Fahrzeug, wirbelte kein Staub mehr auf. Aber die Sohle, auf der die Marschke-Leute arbeiteten, stand voll Wasser. Hermann Marschke schickte Schmidt und Glomm nach einer Motorpumpe, gab Bertel, der schon zu Schichtbeginn auftauchte und etwas über Termine und deren Bedeutung sagte, zu verstehen, daß er ihn auf seiner Baustelle nicht zu sehen wünsche. Marschke tat das auf seine Art. „Genosse Bertel", sagte er, „sorg dafür, daß eine Pumpe herkommt. Warum überhaupt ist noch keine da? Hast du nicht gemerkt, daß heute morgen hier ein halbes Meer runtergekommen ist? Also, warum stehst du hier und hast keine Pumpe? Meine Jungs sind auf der Suche. Also, Genosse Bertel."

Max Bertel sah Marschke an, überlegte anscheinend, was da zu antworten wäre, blickte in die Baugrube hinab, entdeckte die Geräte, die noch ein wenig aus dem Wasser ragten, antwortete nichts, setzte sich auf sein Motorrad und fuhr davon.

Wenig später schleppten Schmidt und Glomm eine Pumpe heran.

Marschke bemerkte: „Er begreift schon, unser Max. Man muß ihm das nur in der richtigen Form und mit entsprechender Deutlichkeit sagen."

Später, als sie wieder am Bohren waren, kam Marschke zu Robert, der heute an der Bewegewinde arbeitete, sah ihn eine Weile an und sagte: „Du siehst verdammt unausgeschlafen aus." Ohne eine Antwort abzuwarten, stapfte er weiter, legte sich das Schweißgerät zurecht und überließ Robert dem Nachdenken über diese Bemerkung. Bezog sich das auf den gestrigen Abend im Kastanienschuppen mit Monika? Oder hatte Marschke es nur so hingesagt, weil Robert tatsächlich müde war und geistesabwesend. Egal. Hier hatte man zu arbeiten. Wenn's zu schlimm würde mit der Hitze und der Müdigkeit, dann könnte ein Eimer Wasser helfen. Ein Eimer Wasser – da war er mit seinen Gedanken wieder bei Anke. Vorgestern hatte er sich auch gerade einen Eimer Wasser über den Kopf gegossen, als sie an der Kommode durch die Bauzaunlücke trat. Im Grunde genommen dachte er ununterbrochen an Anke, hatte ihren Brief eingesteckt, und was Marschke da als Müdigkeit bezeichnet hatte, war einfach Traurigkeit, eine blödsinnige Traurigkeit. Wann hatte er jemals so was verspürt? Noch nie, gestand sich Robert ein, noch nie. Und was war geschehen? Zum Lachen, wenn man's äußerlich betrachtete: Man kennt seit zwei Tagen ein Mädchen. Man sagt „Sie" zu dem Wesen. Man hat einen Brief bekommen, einen merkwürdigen Brief, von dem man immer noch nicht weiß, ist das Spaß oder Ernst. Und man kommt nicht los von der Sache, und nun ahnt man, hat schon die Befürchtung, daß es vorbei ist. Deshalb fühlt man sich so . . .

„Paß auf, Robert!" schrie Bogner. „Was ist denn los mit dir?"

Man muß sich rausreißen aus der Stimmung, man muß sich konzentrieren. Sonst fliegen einem die Seile um die Ohren, oder sonst was passiert. Doch die Konzentration auf die Arbeit konnte die Traurigkeit nicht verdrängen, sie hielt sich hartnäckig. Die Wände der Baugrube waren heute schmutzigbraun, die Geräte rostig und zerschlissen, Marschke wirkte kleiner als sonst, und seine Perlmuttknöpfe glänzten kaum; Glomm lachte zu laut und riß die blödesten Witze, die es überhaupt gab. Bogners Helm war aufreizend weiß, sehr unnatürlich in dieser Umgebung; Schmidt sah am Stauchbohrer aus wie ein wild gewordener Waldschrat. Und Robert selbst? Er fühlte sich gar nicht in die Landschaft passend, in keine Landschaft anscheinend. Bis dann kurz vor Mittag – die Frische des Gewittergusses war schon wieder aufgebraucht, die Staubfahnen über dem weiten Baugelände wehten wieder – sich mit Motorengedröhn Bertels schweres Seitenwagengespann ankündigte.

Marschke blickte mißtrauisch auf, legte sein Schweißgerät aus der Hand, schob die Brille hoch.

„Der kommt ja schon wieder. Der kann's nicht lassen", knurrte er.

„Er ist in großer Liebe zu uns entbrannt, der Bertel", meinte Schmidt.

„Die Prämie wird's sein", sagte Bogner, „man will sich doch die Prämie nicht verderben. Völlig klar."

Bertel fuhr dicht an den Rand der Baugrube heran. Er war nicht allein. Das Irgendwann war zum Jetzt geworden, auf dem Sozius von Bertels Maschine saß Anke. Robert, der vor der Winde gehockt hatte und die Lager ölen wollte, stellte die Ölkanne beiseite und richtete sich auf. Kein Zweifel, dort oben am Rand der Baugrube neben Max Bertel stand Anke.

„Hallo, Leute!“ rief Bertel, „für den Kollegen Robert Weißgerber ist Besuch da. Er soll sich schleunigst heraufbemühen. Wo ist der Kerl?“ Robert lief auf die Leiter zu, hörte aber noch Hermann sagen: „Der Bertel will uns wohl heute auf den Arm nehmen. Hat eine neue Tour.“

Als Robert auf halber Höhe war, rief Schmidt: „Die Dame

kennen wir. Klar, das ist das neugierige Mädchen von der Kommode. Auf, Leute, es ist sowieso bald Mittag!"

Robert stieg aus der Baugrube, klopfte sich Lehm und Sand von der Hose und den Händen. Anke trug blaue Leinenhosen und eine rote Bluse. Heute paßte der Schutzhelm genau. Bertel hatte ihn bestimmt aus dem zentralen Magazin beschafft. Bertel! Da stand er neben Anke und war, wie es schien, neugierig auf die Begegnung zwischen den beiden. Aber Robert sah nur Anke. Hatte es überhaupt eine Traurigkeit gegeben?

Anke kam ihm entgegen, gab ihm die Hand und sagte: „Da bin ich, Herr Bertel war mir sehr behilflich."

„Daß Sie mich hier gesucht haben." Robert strahlte.

Die anderen waren nun auch aus der Baugrube gestiegen. Als letzter Marschke, er wandte sich an Bertel: „Seit wann wird hier Einzelbesuch gestattet? Das ist mir völlig neu."

Bertel lächelte. „Eine Ausnahme. Die Kollegin hat sich ordnungsgemäß ausgewiesen. Anke Czerwenka aus der alten und schönen Stadt Stralsund, meine Großeltern lebten dort in der Nähe. Alles in Ordnung. Echtes Interesse vorhanden. Und ich wollte sowieso zu euch."

Robert mißtraute Bertels Redseligkeit, fühlte sich in Gegenwart der anderen gehemmt und verlegen. Es war auch eine ungewöhnliche Situation. Im Halbkreis vor der Baugrube standen seine Kumpel und betrachteten ihn und das Mädchen. Robert wies auf Anke und sagte: „Wir haben uns vorgestern noch eine Weile unterhalten. Das ist schon wahr, die Kollegin zeigte großes Interesse." Er hatte es vermieden, den ihm noch ungeläufigen Namen auszusprechen, er hatte ihn auch zum erstenmal gehört.

„Ich bitte um Entschuldigung, wenn ich hier störe", sagte Anke, „ich will bloß zu Herrn Weißgerber. Ich möchte nämlich nicht als unhöflicher Mensch bei ihm in Erinnerung bleiben. Und dann bin ich auch neugierig. Ich wollte Sie kennenlernen. Herr Weißgerber hat mir viel von Ihnen erzählt." Sie sah Marschke an, der etwas abseits stand und seine Daumen in die Westentaschen einhakte, ein nicht besonders gutes Zeichen für seine Stimmung. „Von Ihnen, Herr Marschke, hat er sogar ein bißchen geschwärmt. Besonders aber blieb mir in Erinnerung, daß Sie ständig in die Präsidien aller Jugendaktivtagungen gewählt werden. Sogar ein Blauhemd wollte man Ihnen kaufen."

Bertel lachte, die anderen auch. Marschke nahm seine Daumen aus der Westentasche. „Das Blauhemd, tatsächlich, das ist noch eine grundsätzliche Frage. Da bestehen eben objektive Schwierigkeiten. Ich war nie in der FDJ. Ein dunkler Fleck auf meiner Kaderweste, was soll man da machen?"

Glomm schlug sich vor Vergnügen auf die Schenkel.

Robert spürte mit Erleichterung, daß der Bann gebrochen war. Auch Anke schien ihre anfängliche Unsicherheit in dieser ungewohnten Umgebung überwunden zu haben. Sie sagte: „Sie müssen Herr Glomm sein. Nur wer so lacht, ist in der Lage, vier Kinder zu erziehen."

Glomm sagte bestürzt: „Wieso wissen Sie denn das?"

Erst herrschte Stille, dann meinte Schmidt: „Aber Glomm. Noch nicht mitgekriegt? Die Kollegin dort ist der neue Kaderboß. Sie nähert sich bloß inkognito. Vorgestern, das war ein ganz fabelhafter Trick. Diese Leute müssen schließlich alles wissen. Besonders deine positiven Seiten." Sie lachten. Ein Baggerführer, der sein Gerät eine Weile abgestellt hatte, stieg aus dem Führerhäuschen und trat näher heran.

Anke wandte sich an Schmidt: „Sie machen es mir leicht. Sie sind Herr Schmidt. Sie sind immer zu Späßen aufgelegt."

Schmidt schüttelte ernsthaft sein Haupt: „Immer nicht, liebe Kollegin. Da irren Sie sich. Aber jetzt ist mir danach."

Überraschenderweise fragte Bogner: „Von mir hat er Ihnen auch was erzählt?"

Anke überlegte, kleine Schweißtropfen standen auf ihrer Nase. „Es ist Ihnen immer noch nicht gelungen, eine echte Tanzkultur durchzusetzen."

„Leider, leider. Halten Sie wenigstens was vom Tanz? Von wirklichem Tanz meine ich natürlich."

„Davon halte ich eine Menge."

„Bravo", sagte Bogner, „das ist eine angenehme Überraschung."

Bertel hatte sich auf den Sozius gesetzt, wippte lachend auf und ab und ließ das Mädchen nicht aus den Augen. Robert stand neben Anke, sah alles, hatte kaum in das Gelächter der anderen eingestimmt und kam sich vor, als gehöre er nicht dazu. Diese Anke gab ihm neue Rätsel auf. Hatte sie was bemerkt? Sie sagte: „Jetzt werde ich wieder verschwinden. Ich möchte nur Herrn Weißgerber was sagen."

Da machte Hermann Marschke den Vorschlag: „Sie sind gerade zur richtigen Zeit hier. Wollen Sie nicht mit uns essen? Die Kalorienkutsche rollt bald an. Bratwurst und Kartoffelpüree wird heute serviert. Einverstanden?"

Überrascht stimmte Anke zu, und Marschke sagte: „Klar die Lage, Männer? Also, was passiert jetzt? Haben wir eine Eßkultur bei uns oder keine? Natürlich haben wir eine. Bloß unser Wagen. Da ist doch beim Umsetzen heute morgen das Ganze ein bißchen in Unordnung geraten. Denken Sie aber nicht, das ist immer so. Im Gegenteil. Bei uns herrscht mustergültige Ordnung."

Schmidt grinste. „Liebe Kollegin. Ein Vorschlag. Vielleicht bewundern Sie zehn Minuten den Fernsehturm oder was Ähnliches hier. Mehr Zeit brauchen wir nicht – und Sie werden bei uns speisen wie im Restaurant ‚Moskau'."

Bertel nutzte die Gelegenheit. „Kollegin Czerwenka, darf ich Sie zu einer kurzen Rundfahrt über den Alex einladen? In einer halben Stunde sind wir wieder hier."

„In zwanzig Minuten, Genosse Bertel", sagte Marschke, „in unserem Wagen ist es aber ein bißchen eng."

„Das macht nichts, Hermann. Ich sitze eben auf der Kohlenkiste."

Robert hörte zu, sah Schmidt und Glomm zum Wagen eilen, Bogner noch einmal in die Baugrube hinabsteigen, der hatte noch eine Naht zu schweißen, und war wie gelähmt. Er bemerkte dann, daß Anke ihn aufmerksam ansah. Bertel stand neben ihr und berührte ihren Arm, wies auf seine Seitenwagenmaschine und bat: „Bitte, Landsmännin aus dem Norden."

Anke meinte: „Übertreiben Sie nicht, Herr Bertel. Ihre Großeltern haben mal in fernen Zeiten bei uns gewohnt."

Robert gab sich einen Ruck. „Nutzen wir doch die einmalige Gelegenheit. So schnell bekommen wir den Alex nicht wieder durch einen Eingeweihten erklärt", sagte er, half Anke auf den Sozius, meinte, von dieser Höhe aus könne sie alles besser überblicken, und schwang sich selbst in den Seitenwagen.

„Na, dann ab die Post", sagte er und sah Bertel an.

Der schien zwar diese Wendung nicht erwartet zu haben, nickte aber freundlich und startete die Maschine. Die Geländefahrt über den Alex begann. Bertel hielt von Zeit zu Zeit an, schrie seine Erklärungen in das Dröhnen der Dumper, in das Getöse der Rammen und Preßlufthämmer. Er kannte den Alex. Wo sich noch Bagger in den Sandboden hineinfraßen, sah er schon das Gebäude, das dort einmal herauswachsen würde. Am Hotel, wo Fundamente gelegt wurden, sprach er über die Bedeutung des Fremdenverkehrs, sah Drehtüren schwingen und Autos aus allen Ländern der Welt vorfahren, hörte Musik im Restaurant und Gläserklirren in den Bars. Robert mußte Bertel einfach bewundern. Der kannte sein Arbeitsgebiet gründlich und verstand es, phantasievoll zu erklären. Anke ließ sich nichts entgehen, und Robert konnte sich vorstellen, daß sie auch schon die Musik aus den Restaurants hörte und den Bratenduft aus der Küche in der Nase hatte. Ihr Gesichtsausdruck ließ darauf schließen. Er hockte im Beiwagen und schaute zu ihr hinauf. Er hatte noch nie Gelegenheit gehabt, sie so lange und so ungestört zu betrachten.

Was wird aus uns noch werden? dachte er plötzlich.

Nach zwanzig Minuten war die Rundfahrt beendet. Die Maschine hielt an der Baugrube der Marschke-Leute. Bertel half Anke vom Sozius, und Robert, der sich aus dem Seitenwagen zwängte, ärgerte sich, daß er nicht schneller gewesen war.

„Ich hoffe, Sie waren mit mir zufrieden", sagte Bertel. Er beschrieb mit seiner Hand einen weiten Bogen: „Wenn Sie in ein oder zwei Jahren hierherkommen, ich nehme an, daß Sie es tun werden, dann laufen Sie über breite Straßen, überqueren den Platz im Strom der Menschen durch den taghell erleuchteten Tunnel, und nichts wird Sie mehr an die Wühlmäuse vom Alex erinnern, nichts mehr an Lehm und Schmutz, an Staub und Baulärm. So ist das. Aber nichts in den großen Städten entsteht ohne uns. Erst müssen wir da sein, die Tiefbauer."

Zum zweitenmal an diesem Tag hatte Robert Gelegenheit, sich über Bertel zu wundern. Er dachte, daß es gut wäre, wenn in Versammlungen einer aufstehen und in dieser Art über die Arbeit hier sprechen würde. Aber das hatte Robert noch nie erlebt.

„Besten Dank, Herr Bertel“, sagte Anke, „wenn ich in einigen Jahren wiederkomme, dann werde ich mich an Ihre Worte erinnern. Ganz bestimmt.“

Sie trat an den Rand der Baugrube. Robert zog sie zurück. „Wenn Sie da runterstürzen!“

Vom Arbeitswagen her dröhnte ein Hammerschlag auf eine Eisenschiene. „Die Herrschaften zu Tisch!“

„Sehen wir uns heute noch einmal, Kollege Robert?“ fragte Anke.

„Wenn es nach mir geht, ja“, antwortete er sofort.

„Wann?“

„Um vier ist Schluß hier.“

„Ich warte am Stand des Scherenschnittmeisters.“

„Dort warten Sie?“

„Ganz bestimmt.“

Bertel stand an seiner Maschine und schaute zu den beiden hinüber. Er ging dann zum Arbeitswagen und sagte: „Ich werd mal verschwinden, Hermann. Ein bißchen eng ist's doch hier.“

Marschke meinte: „Na bleib schon. Wir haben über die Kohlenkiste ein Handtuch gelegt. Du sitzt vornehmer als in deiner Speisebaracke.“

„Ich geh doch lieber“, sagte Bertel. Er verabschiedete sich von Anke mit einem bedauernden Lächeln. „Viel Glück und viel Spaß, Kollegin.“

Er riß seine Maschine durch die ausgefahrenen Radspuren der Dumper.

Anke sagte: „Er scheint viel zu wissen und kann gut erklären.“

„Ja“, bestätigte Robert etwas widerwillig, aber als er Bertel auf seiner Maschine hinter einem aufgeschütteten Erdwall verschwinden sah, fügte er hinzu: „Doch, er ist schon mächtig in Ordnung.“

Im Arbeitswagen dampften die Bratwürste, ein weißes Wachstuch bedeckte den Tisch. Wo sie es in der Kürze der Zeit aufgetrieben hatten, war Robert ein Rätsel, es sei denn, Marschke hatte die Decke in seiner Kiste verborgen gehalten. Für solche und ähnliche Gelegenheiten.

„Kommen Sie an meine Seite", sagte Hermann Marschke zu Anke. Die Knöpfe an seiner Weste blitzten aufregend, anscheinend hatte er sie noch poliert.

Anke zwängte sich an den Bänken vorbei. Glomm rückte beiseite. Spätestens hier, das wußte Robert in diesem Augenblick, galt es zu handeln. „Rück mal noch ein Stück", sagte er zu dem überraschten Glomm und half nach, als der nicht gleich begreifen wollte. Dann saß er neben Anke. Er wechselte den Löffel aus. „Der hier ist besser."

„Danke", sagte Anke.

„Jungs", meinte Dieter Schmidt, „wir feiern ein einmaliges Ereignis. Zum erstenmal essen wir in unserem treuen alten Wagen mit einem weiblichen Wesen. Darauf müßte ein Bier fällig sein."

„Brause", sagte Marschke, „Cola ist auch noch da."

Bogner ließ die Verschlüsse knallen.

Anke aß mit Appetit, aber sie blieb still. Es war überhaupt eine gesittete Mahlzeit.

Nachher, als sich Hermann eine Zigarette ansteckte – Robert hielt Anke auch eine Zigarettenschachtel hin, sie lehnte aber ab –, meinte Bogner: „Deshalb also war unser Benjamin gestern so lange unterwegs."

Marschke begann über die Arbeit am Nachmittag zu sprechen, verteilte die Aufgaben und hatte auch Kritisches zu bemerken. Anke stellte die Teller zusammen und fragte nach heißem Wasser. Sie protestierten alle, doch dann entfachte Marschke vor dem Wagen ein kleines Feuer. Er sagte: „Wir müssen was schaffen. Sonst hätten wir uns noch einen Schlag unterhalten können."

Robert drängte: „Zehn Stunden genügen. Mehr sind für mich heute nicht drin."

Anke wusch die zerkratzten Teller ab. Robert sah ihr dabei zu. Sie warf ihm ein Handtuch hinüber. Er trocknete ab, und die Bemerkung Schmidts, daß das nun das Ende jeder Selbständigkeit sei, beeindruckte ihn nicht.

Dann kam Marschke hinzu und sagte: „So leben wir hier. Und Sie?"

Anke warf Robert einen raschen Blick zu. „Ich hab Urlaub. Ferien."

„So?" meinte Marschke. „Das muß auch sein."

Robert wollte schon sagen: Gib mir auch Urlaub, laß mich ein paar Tage mit dem Mädchen hier herumfahren und irgendwo zusammensitzen. Sie ist ja zu mir gekommen. Aber Hermann war schon zur Leiter an der Baugrube gegangen.

„Ich wünsche mir was", sagte Anke.

„Von mir?"

„Ja. Sie sollen mir den Friedhof zeigen, den berühmten Friedhof, auf dem die großen Leute dieser Stadt begraben liegen."

Robert erschrak. Was war das für ein Friedhof, und wo war er zu finden?

„Wissen Sie, welchen ich meine?"

„Selbstverständlich", sagte er schnell, „der Wunsch ist erfüllt."

„Fein. Ich freu mich."

Sie stellte das Geschirr fort, trat dann vorsichtig an den Rand der Baugrube und winkte den Marschke-Leuten: „Alles Gute. Schönen Dank."

Die Männer winkten nach oben. Schmidt schwenkte die Brechstange. Robert begleitete Anke bis zur Straße. Sie ging rasch und schwieg. Ihn plagte die Furcht, sie könnte seine Verlegenheit bemerkt haben. Hatte sie ihn durchschaut? Ahnte sie, daß er nichts von dem Friedhof wußte, nicht einmal wußte, wo der überhaupt lag? Warum habe ich nicht einfach gesagt: Ich kenne diesen Friedhof nicht. Tut mir leid. Suchen wir ihn zusammen.

„Dann um vier", sagte er.

„Ja, um vier, am Scherenschnittstand."

„Werden keine ‚Weltreisenden' kommen?"

„‚Weltreisende'? Nein, die kommen heute nicht. Die sind schon in die Welt gereist. Das ist schließlich ihre Aufgabe."

Robert zögerte zu gehen.

„Sie müssen jetzt zurück", sagte Anke, „der Kollege Brigadier soll nicht denken, daß ich die Arbeit behindere."

„Ich geh schon."

„Also tschüs."

„Tschüs."

Robert ging langsam zur Baustelle zurück. Die anderen arbeiteten schon, und er nahm seinen Platz an der Winde ein. Es war wie immer, wie an jedem Tag, es war die gewohnte Arbeit. Und doch war es anders. Glomm bemerkte, als er einmal vorbeikam: „Ihr duzt euch noch nicht? Wie geht denn das?"

„Es geht so."

„Wir haben uns gleich am ersten Tag geduzt."

„Bei euch geht eben alles schnell", sagte Robert anzüglich.

Später kam Schmidt. „Eine schwierige Kiste, Robert?"

„Was denn?"

„Nun, deine Sache mit der hübschen Kleinen."

„Ich weiß nicht. Warum schwierig? Aber was soll's. Sind schließlich meine Sorgen."

„Hast recht", sagte Schmidt mit ungewohnter Gutmütigkeit, „aber sie hat Augen, mein lieber Scholli, Augen ..."

Bogner kam auch noch zu ihm an diesem Nachmittag. „Verpaß deine Chance nicht, Robert", sagte er, „so ein Mädchen begegnet dir nicht jeden Tag."

„Das sagst du?" meinte Robert verwundert.

„Sie kommt gleich nach meiner Frau", sagte Bogner lächelnd.

Nur Hermann Marschke erschien nicht. Und auf ihn wartete Robert. Er mußte noch erfahren, wo der Friedhof lag, die Auskunft konnte er nur von Marschke bekommen. Und es ging Robert überhaupt um die Meinung des Älteren. Was hatte er für einen Eindruck von Anke? Aber Marschke hantierte lange am Schweißgerät, maß Rohre, kontrollierte Material, kletterte aus der Baugrube und war eine Zeitlang unterwegs, und als er wieder zurückkam, begann er gleich zu schweißen. Robert kam es vor, als ob der Brigadier ihn mied. Als Marschke mit dem Rohrschweißen fertig war, nutzte Robert die Gelegenheit und ging zu ihm. Marschke packte mit gewohnter Sorgfalt das Schweißgerät weg, rollte den Schlauch ein, suchte alles Material zusammen, und nach einer ganzen Weile erst fragte er: „Du willst doch was?"

„Hier in Berlin muß es einen Friedhof geben, auf dem bedeutende Leute begraben sind."

„Den gibt's."

„Wo ist er denn?"

„Du kennst ihn nicht?"

„Würde ich sonst fragen?"

„Was kennt ihr denn überhaupt? Du bist doch in der Stadt hier groß geworden."

„Man weiß eben manches nicht", sagte Robert gereizt.

„Traurig. Wirklich traurig."

„Na gut. Aber sag mir jetzt wenigstens, wo der Friedhof liegt."

„Du bist schon zigmal dort vorbeigekommen."

„Ist nicht möglich."

„Doch, du Experte, das bist du. Manchmal sogar in recht aufgelöstem Zustand, wenn wir oben bei uns eine Betriebsfeier hatten. Ich kann mich sogar erinnern, du hast dich mal an dem Eisengitter des Eingangstors festgehalten. Du warst ganz schön blau."

„Spann mich nicht auf die Folter, Hermann."

„Wieso spann ich dich auf die Folter? Ich will dir nur klarmachen, wo der Friedhof liegt. Damit du's nie mehr vergißt."

Robert dachte nach.

„In der Chausseestraße?"

„Ja, genau dort."

„Da muß ich aber wirklich betrunken gewesen sein."

„Damals ja. Und sonst guckt ihr nicht hin, ihr Brüder. Kulturell unbedarft. Sag ich ja immer. Hier hast du wieder mal den Beweis."

„Du machst mich neugierig auf den Friedhof, Hermann."

„Das will ich auch. Wie bist du eigentlich darauf verfallen, dich danach zu erkundigen?"

„Die Anke", sagte Robert, „sie hat mich danach gefragt."

Marschke hängte den Schlauch und den Schweißbrenner sorgfältig in die Schlaufen an der Stahlflasche.

„Du sollst sie also dort hinführen? Und sie hat geglaubt, daß du deine Heimat kennst?"

„Ich kenne sie ja auch", protestierte Robert, „schließlich lernt der Mensch immer mal was dazu."

„Hat sie dich als Stadtführer angeheuert?"

„Nein, keine Spur. Es hat sich so ergeben."

„Nun, dann streng dich mal an. Sie wird anspruchsvoll sein", meinte Marschke, säuberte sich die Hände an einem Putzlappen und blickte am Bohrbock hoch. „Die Rolle da oben ist nicht mehr in Ordnung", sagte er, „du kannst sie auswechseln."

Robert blickte auch am Bohrbock hoch. „Heute noch?"
„Was denn sonst", sagte Marschke verwundert, „wir wollen morgen keine Panne erleben. Können wir uns nicht leisten."
„Bißchen kurz die Zeit bis zum Feierabend."
„Du wirst es schon schaffen. Und wenn's ein paar Minuten länger dauert, sie wird auf dich warten, wenn's ihr ernst ist."
Robert ging zum Wagen und suchte eine neue Rolle für den Bohrbock. Er dachte: Der Hermann nimmt also an, daß sie's nicht ernst meint. Er glaubt, sie ist eine Anspruchsvolle. Er glaubt also, sie paßt nicht zu mir, oder ich passe nicht zu ihr. Er glaubt wohl, nur seine Monika paßt zu mir. Oder was glaubt er überhaupt? Warum habe ich ihn gefragt? Welche Antwort habe ich denn erwartet? Robert hing oben am Bohrbock, klemmte sich die Finger in seiner Hast und schaffte es doch bis zum Feierabend.
Er verabschiedete sich flüchtig von den anderen und lief quer über den Riesenbuddelplatz Alex den Weg, den er mit Bertel, dem Poeten von einem Bauleiter, gegangen war, zum Kaufhaus, vor dem der Scherenschnittmeister seine Bude aufgeschlagen hatte und aus allen Köpfen Charakterköpfe schnitt. Und Anke stand dort, aß eine Bockwurst und beobachtete den Meister bei der Arbeit.
„Heute aber pünktlich", begrüßte sie Robert, „ich dachte, ich schaffe meine Bockwurst noch. Ich hab zwar bei euch gut gegessen, doch ich konnte an dem Wurstkessel nicht vorbeigehen. Das macht der Urlaub. Sonst esse ich wirklich nicht soviel." Sie schien noch ebenso unternehmungslustig zu sein wie mittags an der Baugrube.
Robert wies auf eine Haltestelle. „Von hier aus fährt ein Bus direkt zum Friedhof, den Sie sehen wollen, Doppelstockbus sogar."
„Das haben Sie fein organisiert."
„Der reine Zufall. Sie wollten doch, daß wir uns hier treffen. Und hier ist auch die Haltestelle."
„Fast wie im Märchen."
„Ja", sagte Robert, „wie im Märchen." Er zögerte. „Ja, und warum sagen wir eigentlich Sie zueinander? Wir könnten uns doch duzen."
Anke lehnte sich an das Geländer der Bushaltestelle, legte den Kopf nach hinten und sagte nichts.

Robert erklärte schnell: „Wir sind doch schließlich jung, nicht wahr? Und es ist so umständlich, das Sie, meine ich."

Anke lächelte. Sie lächelte das letztemal als die Dame Anke oder die Kollegin Anke, und sie lächelte zum letzten Male dem Herrn Robert zu oder dem Kollegen Robert.

„Nun gut, Robert. Wir können's ja versuchen."

„Der Bus kommt", rief er, „wir klettern gleich nach oben."

Er nahm ihre Hand, half ihr die steile, schmale Treppe hoch und hielt sie fest, als der Bus anruckte und sie noch nicht oben waren.

„Bück dich, Anke. Du stößt dir den Kopf."

Ganz vorn saßen sie dann, hoch über der Straße, umklammerten die Haltestange und blickten nach unten.

„Es macht hier oben Spaß, Robert", sagte Anke, „du hast mir nicht zuviel versprochen."

Robert gestand: „Deinen Friedhof, Anke, hab ich nicht gekannt. Das muß ich dir noch sagen. Hermann Marschke hat mir den Weg erklärt."

„Dann gehen wir beide auf Entdeckungsreise. Das macht auch mehr Spaß."

Und ihr Bus brummte und schaukelte durch die Straßen Berlins, an den Baugruben, an den Häusern, die mit leeren Fensterhöhlen auf die Straße blickten, am Roten Rathaus vorbei, an dem Anke auf die Figuren am Sims wies und sagte, daß sie gestern lange davorgestanden und ein Stück Berliner Geschichte entdeckt hätte.

„Kennst du die Figuren, Robert?"

Es kränkte ihn ein wenig, daß sie ihn in dieser Weise fragte. Schließlich waren sie von der Schule aus dort gewesen und hatten sich einen Vortrag über das Rathaus angehört. Etwas davon hatte er noch in der Erinnerung behalten und erzählte es Anke. Aber es war tatsächlich nicht viel, so daß er froh war, als sie am Marstall vorbeifuhren und er über die Geschehnisse erzählen konnte, die sich hier zugetragen hatten, über die Volksmarinedivision und die Revolution im November achtzehn. Das war einmal sein Thema gewesen im Geschichtsunterricht, und er hatte damals auch Gefallen daran gefunden. Anke hörte aufmerksam zu.

Als der Bus vor der Universität hielt, schauten sie sich an.

Und Anke sagte: „Der Alexander sieht von hier oben bedeutend väterlicher aus."

Als sie über die Kreuzung Friedrichstraße fuhren, dachte Robert an den Brief, den er gestern in Empfang genommen hatte, und er dachte an die „Weltreisenden", mit denen Anke hier entlangspaziert sein mußte. Es lag ihm schon auf der Zunge, das auszusprechen, aber er beherrschte sich. Dann wäre die Stimmung verdorben.

An der Weidendammer Brücke bemerkte Anke, daß dieses Motiv sehr oft in Fotoausstellungen und auf Grafiken zu sehen sei.

„Wir können ja hier mal Möwen füttern", sagte Robert.

Anke stimmte zu. „Das erinnert mich an zu Hause."

Zwei Haltestellen weiter turnten sie die schmale Treppe nach unten und stiegen aus. Am Himmel über der Stadt hingen weiße Haufenwolken, es war nicht mehr so heiß wie an den vergangenen Tagen. Anke blieb stehen und betrachtete die Straße. Eine normale Berliner Straße, Straßenbahnen, Leute, die es eilig hatten – und auf der anderen Seite die dichten Baumkronen eines Friedhofs.

Robert blickte aufmerksam hinüber, denn es lagen zwei Friedhöfe dort drüben nebeneinander, und das hatte ihm Marschke eingeschärft, der Eingang an der rechten Seite führte zu dem gesuchten, dem berühmten Friedhof. Und das unscheinbare Haus am Eingang war nicht weniger berühmt, dort hatte der Dichter Brecht in den letzten Jahren seines Lebens gewohnt. Als Marschke ihm das sagte, hatte Robert daran gedacht, daß er auch das nicht gewußt hatte, obwohl er doch von Brecht dies und jenes kannte. Nun aber, als er mit Anke vor dem Friedhof stand, nun aber, da es darauf ankam, wollte er sich nicht mehr blamieren. Er hatte den Eingang entdeckt und das Haus und war überrascht, daß er tatsächlich schon oft, so wie Marschke behauptet hatte, an diesem Friedhofstor und dem Hauseingang vorbeigegangen war.

„Ist hier in der Nähe ein Blumengeschäft?" fragte Anke.

Robert kannte eins, wo er für Betriebsfeiern und Ehrungen gelegentlich Blumen geholt hatte.

Anke kaufte einen kleinen Strauß Nelken. Robert wunderte sich darüber.

„Dort drüben ist der Eingang“, sagte er.

Anke las die Inschrift „Dorotheenstädtischer Friedhof“. Als sie durch das Tor hindurchgegangen waren, kam es ihnen vor, als bliebe der Lärm der Straße zurück, gedämpft durch den Wall der alten Bäume. Es war schattig und angenehm kühl unter den breiten Kronen.

Robert wies auf das Haus, das mit seiner Seiten- und Hinterfront den Weg begrenzte.

„Hier hat Brecht gewohnt.“

Anke blieb stehen und betrachtete schweigend das Haus. „Sein Grab ist auf dem Friedhof. Ich will die Blumen dort hinbringen.“

Robert blickte auf die Nelken. Für Brecht. Es berührte ihn eigentümlich, daß Anke Blumen mitnahm für den toten

Dichter Brecht. Sie gingen durch die Gräberreihen, und Anke las halblaut die Namen auf den Grabmälern und Steinen. Hufeland. Johannes R. Becher. Heinrich Mann. Bodo Uhse. Hans Loch. Slatan Dudow ... Viele Namen. Robert kannte die meisten nur vom Hören. Bei anderen erinnerte er sich an Bücher, die er einmal gelesen hatte. Bodo Uhse zum Beispiel. Das war ein Buch. Fallschirmspringer springen während des Krieges über Deutschland ab ...

Und dann fanden sie den Stein, auf dem eingehauen war: Bertolt Brecht. Der Stein lag, fast überwuchert von Blumen und Efeu, versteckt an der Friedhofsmauer, und ein schmaler Plattenweg führte zu ihm. Anke ging rasch den Weg hinauf und legte die Nelken an den grauen Stein, neben andere Blumensträuße. „So schlicht. So habe ich mir das auch vorgestellt", sagte sie. Robert wußte nicht, warum sie sich das gerade so vorgestellt hatte.

„Du hast für den Brecht was übrig?" fragte er.

„Ja. Sehr viel."

„Warum denn gerade für ihn?"

Anke blickte auf den Stein hinunter. „Warum?" Sie überlegte. „Vielleicht, weil mir durch ihn manches klargeworden ist."

Sie ging den schmalen Weg zurück. Robert folgte ihr, achtete genau wie sie sorgsam darauf, daß er auf den Steinplatten blieb.

„Kennst du was von Brecht?" fragte Anke.

Die Frage überraschte Robert, dabei hätte er sie erwarten müssen. Er bereute, daß er mit diesem Gespräch angefangen hatte. „Etwas kenne ich schon", sagte er.

„Was denn?"

„Na ja, ein Stück. ‚Die Tage der Kommune'. Ich hab's mit der Brigade zusammen gesehen. War in Ordnung, muß ich schon sagen."

„Wieso? Was war in Ordnung?"

Robert sah sie verwundert an. „Du fragst mich vielleicht aus. Ich komme mir vor wie in einer Prüfung."

Anke berührte leicht seinen Arm. „Ist doch Unsinn. Du hast mich gefragt, warum ich für den Brecht was übrig habe. War's nicht so?"

„Ja. War so."

„Und das kann man eben nicht mit wenigen Worten sagen, Robert. Das geht eigentlich nur, wenn man sich über das unterhalten kann, was er geschrieben hat."

„Ach so. Ja, natürlich ..."

Da hatte er die Quittung. Du mußt schon was wissen, erst dann kann ich mich mit dir unterhalten. Das geht an die Ehre. Aber schließlich ist es wahr. Man kann eben nur dann mitreden, wenn man etwas weiß. Und was weiß ich schon über Brecht? So gut wie nichts. Ehrlich: Ein Stück gesehen, mal ein Gedicht gehört in der Schule. Vor Jahren.

„Hast recht", sagte er, „ich kenn nicht viel von deinem Dichter. Ich wüßte eigentlich auch nicht recht, was ich mit ihm anfangen sollte."

„Wie kannst du das sagen, wenn du von ihm nichts kennst."

„Ich hab andere Interessen."

„Ach, Interessen."

„Hast du vielleicht Interesse für Fußball?"

„Zufällig ja", sagte Anke, „ich versäume bei uns kein Ligaspiel. Aber was hat das mit Brecht zu tun?"

Robert senkte den Kopf. Er kam sich vor wie ein trotziger kleiner Junge. Er hätte sich ohrfeigen können für soviel Ungeschick. Schuld daran waren der Friedhof und die Leute, die man hier begraben hatte. Genauso schuld war Hermann Marschke, der ja auch ein bißchen mehr über den Friedhof hätte erzählen können. Der wußte darüber eine Menge, das stand außer Zweifel. Die Schule war natürlich ebenfalls schuld daran, was hatte sie Robert denn über Brecht beigebracht? Daß er selber auch mehr hätte tun können, kam ihm nicht in den Sinn.

Schweigend gingen sie den Weg zurück.

An der Hinterfront des alten Mietshauses blieb Anke stehen und betrachtete das kleine Gartenhäuschen. Robert wartete. Er stellte verwundert fest, daß er nichts dabei fand, hier zu warten. So ein Friedhofsbesuch wäre ihm noch vor Tagen wie ein merkwürdiger Witz vorgekommen. Jetzt stand er neben Anke, vermutete, daß sie über den Brecht nachdachte, und hatte sich schon vorgenommen, in der nächsten Zeit Bücher von diesem Dichter zu lesen.

Am Tor sagte Anke: „Schade, daß das Brecht-Theater Ferien hat."

„Du mußt im Herbst kommen. Oder im Winter“, sagte Robert.

„Dann hat man keine Zeit.“

„Warum nicht?“

Anke antwortete nicht, sie waren wieder auf der belebten Straße.

„Jetzt möchte ich in die ‚Gockelbar‘ dort drüben. Ich hab das feine Ding vorhin schon entdeckt“, erklärte sie.

„Von Brecht in die ‚Gockelbar‘?“

„Ich hab Appetit. Du nicht?“ Sie nahm seine Hand.

„Bring mich sicher über die Straße, Robert.“

„Gehört das zu meinen Fremdenführerpflichten?“

„Aber klar. Dienst am Kunden.“

„Einverstanden. Nur die Belohnung muß entsprechend sein.“

„Die Belohnung?“ sagte Anke. „Ach, darum geht's. In welcher Währung wird sie gewünscht?“

„Das werde ich mir noch überlegen. Meine Frist ist ja noch nicht abgelaufen.“

Sie standen am Straßenrand, Hand in Hand, und hatten schon ein paar Möglichkeiten verpaßt, die Straße zu überqueren. Als sich dann aber eine große Verkehrslücke auftat, gingen sie doch hinüber zur „Gockelbar“. Robert kannte dieses Lokal. Schon manches Mal war die Brigade hier eingekehrt, als sie in der Nähe arbeiteten, manches Mal auch hatten sie nach einer Versammlung hier ihren Durst gelöscht. Es gab gemütliche Ecken in der „Gockelbar“ und weißgescheuerte Tische.

An einem Tisch saß nur ein Mann, der kurz aufsah, als Robert fragte, ob die Plätze frei wären, und irgend etwas vor sich hinmurmelte. Dann starrte er wieder in sein Bierglas, rief den Kellner mit heiserer Stimme und verlangte einen doppelten Wodka und eine frische Molle.

„Das ist die ‚Gockelbar‘“, sagte Anke, „ganz nett, finde ich.“

Der Mann gegenüber sah auf.

„Ganz nett?“ sagte er. „Was heißt hier ganz nett. Setzt sich her und führt Reden.“

„Wer führt hier Reden?“ fragte Robert.

Der Mann aber beachtete ihn nicht, er sah nur Anke an, und sein Gesichtsausdruck blieb unverändert mißmutig.

„Der Dame ist nichts gut genug, was“, grollte er, „die Art, wie man hier von uns spricht, treibt mir die Galle hoch.“

Robert wollte jetzt dem Mann, wenn er auch älter war, gehörig die Meinung sagen, diesem Stänkerer, doch Anke legte ihre Hand auf seinen Arm.

„Ich finde dieses Lokal wirklich nett“, sagte sie, lächelte und blickte ihrem mürrischen Gegenüber interessiert in die Augen. Dessen Miene glättete sich, und er fragte: „Trinken Sie einen Schnaps mit?“

„Nein“, sagte Anke, „warum sollte ich.“

„Warum sollten Sie auch“, meinte der Mann bitter, „warum solltet ihr überhaupt für unsereins Verständnis haben. Na, lassen wir's.“

Robert sagte: „Sie sind grob. Und da soll man für Sie Verständnis haben. Da verlangen Sie eine ganze Menge.“

Jetzt sah der Mann Robert an.

„Dich kenne ich“, sagte er.

„Kaum möglich.“

„Doch. Wir sind Arbeitskollegen. Tiefbau. Und ihr gerade habt einen Rand, wenn man euch hört. Von wegen grob.“

„Was wollen Sie eigentlich?“ fragte Anke.

„Nichts“, sagte der Mann, „nichts.“ Er trank sein Schnapsglas aus und sagte dann: „Ich hab eine Tochter, die ist so alt wie Sie.“

„Ach so, und die schimpfen Sie auch immer aus.“

„Ja“, sagte der Mann, „und ich hab recht. Zum Teufel noch mal, ich hab tausendmal recht. Stellen Sie sich vor, sie studiert jetzt ein Jahr – und jetzt will sie das Studium hinwerfen. Wissen Sie warum? Sie findet auch immer alles schrecklich nett.“

„Ich will mit dem Studium anfangen“, sagte Anke.

„Hoffentlich“, sagte der Mann und betrachtete abwägend Robert, „meine Tochter hat einen Kerl schrecklich nett gefunden, da unten in Jena. Und nun kriegt sie ein Kind. Was hab ich gegen ein Kind? Nichts, rein gar nichts. Aber hätte sie nicht ein bißchen warten können? Das hab ich ihr alles gesagt, vorher und immer wieder. Sie fand es nett, was ich mir für Sorgen um sie machte. Und jetzt? Sie will aufhören. Der Kerl hat ein gutes Einkommen. Ist so ein Zeiss-Fritze, hochbezahlt. Was ist dagegen einzuwenden? Natürlich auch nichts. Aber sie will aufhören.“

„Vielleicht ist das nur so im ersten Augenblick“, sagte Anke, und Robert spürte, daß ihr die Geschichte nahegìng.

„Wenn's das wäre“, sagte der Mann, „aber sie will wirklich aufhören. Ich hab heute den Brief bekommen. Und sie ist begabt. Sie hat alles spielend bewältigt. Es sah immer so aus, als mache sie es nebenbei. Aber es war eben alles nett bei ihr. Das ganze Leben. Denkt nicht an ihre Zukunft. – Wenn unsereiner diese Möglichkeiten gehabt hätte ...“

„Fahren Sie doch hin zu ihr. Sprechen Sie mit ihr“, riet Anke, „sie wird sich's überlegen. Sie wird auf Sie hören. Ich würde auch auf meinen Vater hören.“

„Sie würden auf den Vater hören?“

„In so einem Fall natürlich“, meinte Anke.

„Und wenn so ein Zeiss-Fritze oder ein ähnlicher Ihnen in den Ohren liegen würde? Und er hätte eine Wohnung zu bieten und Geld?“

Anke spielte mit einem Bierdeckel und blickte vor sich auf den Tisch. Warum überlegt sie so lange, dachte Robert. Mit recht gemischten Gefühlen verfolgte er das seltsame Gespräch zwischen ihr und dem Mann, der sein Kollege sein wollte, er erinnerte sich jetzt, der war Baggerführer. Robert ahnte, daß Anke nicht nur an die ihr unbekannte Tochter des Mannes dachte, sondern auch an sich selbst. Der Kellner kam an den Tisch, und der Mann sagte: „Ich möchte für uns hier eine Lage bestellen. Schlagen Sie's nicht ab."

Sie tranken auf die Vernunft, und Anke tröstete: „Sie wird schon vernünftig sein."

„Ein frommer Wunsch", sagte der Mann.

Er bezahlte bald, und bevor er ging, sagte er zu Robert: „Über so eine Geschichte ist schon nachzudenken, mein Lieber. Ich kenne euch doch."

Anke wünschte er alles Gute.

„Der bildet sich allerhand ein", meinte Robert.

„Wieso?" fragte Anke, „er hat Kummer mit seiner Tochter."

„Was bestimmt der über seine Tochter? Was weiß er denn? Vielleicht kennt er den Zeiss-Fritzen noch gar nicht. Er weiß doch überhaupt nicht, was sich dort abgespielt hat."

„Was soll sich dort schon abgespielt haben", sagte Anke.

Robert beschäftigte sich mit seinem Hähnchen. Kühl bis ans Herz ist diese Anke. Und sie will jetzt anfangen zu studieren. Also das ist ihre Zukunft. Nach einer Weile stieß ihn Anke an.

„Hat gut geschmeckt. Danke schön", sagte sie.

„Noch ein halbes Hähnchen?"

„Noch ein Bier würde ich trinken."

„Und einen Wodka?"

„Wodka? Meinetwegen. Hab noch nie Wodka getrunken."

Der Ober nahm die Bestellung auf. „Der Kollege, der an Ihrem Tisch saß", sagte er, „hat das Essen bereits bezahlt."

„Das gibt's doch gar nicht", protestierte Robert.

„Es ist aber so", sagte der Ober.

Robert meinte: „Du hast ihm mächtig imponiert, Anke."

„Dann könnten wir noch jeder ein halbes Hähnchen verdrücken." Anke goß den Wodka genauso hinunter, wie es ihr Robert vormachte, und Tränen traten ihr in die Augen.

„Na, warum schüttelst du dich nicht?" fragte er.

„Kommt nicht in Frage. Werd mir keine Blöße geben."

„Aber die Tränen kommen dir doch."

„Die kann man wegwischen."

Während des Essens sagte sie plötzlich: „Natürlich hat sich dort in Jena was abgespielt. Aber muß sie deswegen gleich aufhören zu studieren? Darin hab ich dem Vater recht gegeben. Wie denkst du denn darüber?“

„Ich würde nicht verlangen, daß jemand meinetwegen sein Studium aufgibt. Das sage ich heute. Aber weiß man denn, wie man später drüber denkt?“

„Man muß wissen, was man will. Man hat ja schließlich ein Ziel.“

Einen zweiten Wodka lehnte Anke ab. „Lieber nicht, Robert. Der schmeißt mich um.“

„Zwei Wodka schmeißen dich um? Und gestern der Cinzano?“

„Ach, Robert, der hätte mich tatsächlich fast umgeschmissen. Den war ich auch nicht gewöhnt. Aber ich hab unvorstellbar viel gegessen. Das hat mir mein Großvater angeraten. Er hat gesagt: ‚Wirst du mal eingeladen, wo Wein und Schnaps genossen werden müssen, denk an deinen Magen. Iß vorher auf Teufel komm raus, mein kleines Mädchen.‘ Vielleicht wunderst du dich, daß mein Großvater zu mir ‚mein kleines Mädchen‘ sagt, er sagt das auf Platt, das klingt viel netter. Du müßtest ihn kennen. Ein Riese. Mit seinen fünfundsiebzig Jahren geht er noch kein bißchen krumm. Aber bestell mir bitte einen Cherry, Robert. Zu Festtagen hab ich immer gern Cherry getrunken.“

„Cherry“, sagte Robert, „alle Frauen trinken gern Cherry.“

„Wie du das sagst! Wie viele Frauen kennst du denn, Robert. Viele?“

Robert spürte, daß er rot wurde.

„Das ist doch bloß so eine Redensart“, murmelte er, „meine Mutter trinkt gern Cherry zum Beispiel. Übrigens hat meine Mutter auch allerhand weise Ratschläge für unsereinen auf Lager.“

„Deine Mutter? Ich möchte sie kennenlernen.“

Meinte sie das ernst? Vielleicht war das für sie auch eine Seite ihres Berlin-Programms. Sie wollte ja außerhalb der ausgetretenen Touristenpfade wandeln. Er zögerte, doch dann sagte er: „Der Wunsch des Gastes ist mir Befehl.“ Ihm fielen Marschke ein und Monika. Er würde mit Anke im Fenster seiner Kammer liegen und auf die Hinterhöfe schauen, und drüben im Seitenhaus auf dem Nachbarhof würde vielleicht auch ein Fenster besetzt sein.

„Du bist auf einmal so still, Robert. Ist es deiner Mutter auch recht?“

„Sie freut sich bestimmt“, sagte Robert schnell, „sie hat gern Besuch. Sie kocht dir einen Kaffee, ich sag dir . . .“

„Und dein Vater?“

„Ich hab meinen Vater nie gekannt. Im April fünfundvierzig ist er irgendwo umgekommen. Im Februar war er noch mal zu Hause, hat meine Mutter erzählt, dann mußte er wieder an die Front. Er war von der letzten Verwundung noch nicht ganz geheilt. Aber er mußte weg. Und ich kam im November auf die Welt.“

Anke saß eine Weile schweigend da.

Robert bestellte einen Cherry und für sich einen Wodka. Als die Gläser auf dem Tisch standen, fragte sie: „Trinkst du viel, Robert?“

„Wie kommst du darauf?“ Er sah sie betroffen an.

„Entschuldige!“ sagte Anke, nippte an ihrem Cherry und betrachtete ihn von der Seite. „Meine Großmutter, Robert, hat mich vor der großen Stadt gewarnt. Wenn sie mich hier erleben würde, gestern und heute und vielleicht noch morgen, sie würde für mich noch ein paar Gebete mehr sprechen.“

„Warum denn?“

„Na so“, meinte Anke, lächelte und leckte den Cherry mit spitzer Zunge aus dem Glas. „Ich fühle mich aber trotzdem pudelwohl“, sagte sie, „erzähl mir noch mehr von deinem Zuhause.“

„Du mußt mir was erzählen“, sagte Robert, „du bist dran.“

„Ach, Robert, ich bin doch der Gast.“

„Das kümmert mich gar nicht“, sagte Robert, „auch ein Fremdenführer ist nur ein Mensch. Und jetzt will er wissen, was für einen Gast er betreut. Das will er wissen, und er besteht darauf.“

„Er weiß noch nicht, wen er vor sich hat?“

„Er weiß, daß er eine Anke Czerwenka vor sich hat, den Nachnamen hat er auch nur erfahren, weil ein Kollege Bertel Einblick in den Personalausweis nehmen durfte, und er ist sich nicht einmal sicher, ob der Name von ihm auch richtig ausgesprochen wurde.“

„Er wurde es. Der Herr Fremdenführer hat die Ohren ganz schön gespitzt. Anke Czerwenka. Es fällt dem klugen Fremdenführer natürlich auf, daß diese beiden Namen einen Widerspruch bilden."

„Es fällt ihm auf."

„Die Erklärung ist ganz einfach. Der Vater heißt Czerwenka. Und der Großvater, der schon erwähnte, wollte, daß das weibliche Wesen in der Wiege Anke genannt wird. Damit verband sich für den alten Herrn anscheinend irgendeine romantische Erinnerung, wie man munkelt. Deshalb heiße ich nun Anke Czerwenka."

Sie lachte. Wahrscheinlich dachte sie an den Großvater, und Robert begann sich für den Alten zu interessieren.

„Um den Großvater könnte man dich glatt beneiden."

„Das kannst du, Robert. So einen gibt's nur einmal auf der Welt. Wenn der jetzt hier wäre, der könnte dir Geschichten erzählen, unwahrscheinliche Geschichten."

„Und du bist sein liebstes Enkelkind?"

„Ja", sagte Anke ernsthaft. „In seinem Haus unter dem Schilfdach hab ich meine Kammer. Die hat er mir ausgebaut und eingerichtet. Meine Großmutter hat jeden Winkel im Haus an Feriengäste vermietet, an meine Kammer darf sie nicht heran. Da versteht der Alte keinen Spaß."

„Eine Kammer unter dem Schilfdach", sagte Robert, „das ist ja reine Romantik."

„Romantik? Meinetwegen. Durch ein rundes Fensterchen blicke ich auf den Bodden. Wenn ich mich mal geärgert habe oder irgendwas nicht klappen will, Robert, dann denk ich nur an diesen Blick aus dem Kammerfenster. Klingt ein bißchen komisch für dich Großstadtpflanze, was? Aber du willst ja was von mir wissen."

„Ich war vor vielen Jahren an der See", sagte Robert. „Das Salzwasser hat mich damals interessiert und ein paar andere Späße. Ich müßte jetzt mal hinfahren."

„Das müßtest du auch", meinte Anke, „nicht nur des Salzwassers wegen."

„Ich könnte dich besuchen. Dann käme ich nicht nur des Salzwassers wegen."

„Es gibt eine ganze Menge Sehenswertes bei uns. Zum Beispiel unsere alten Kirchen."

„Man sagt, die Küste ist überlaufen im Sommer."
„Halb so schlimm. Man muß die Gegend nur gut genug kennen."
„Du kennst sie?"
„Ja. Mein Großvater und ich, wir kennen sie ganz gut."
„Dein Großvater!" sagte Robert, „der sucht dir wohl auch deine Freunde aus?"
„Das nun nicht", meinte Anke gleichmütig und sah Robert an, „aber eine Prüfung muß derjenige sich schon gefallen lassen. Und die hat's in sich."
„Hat er das schon mal gemacht?"
„Hat er."
„Und wie ist die Sache ausgegangen?"
„Negativ für denjenigen."
„Und du warst damit einverstanden?"
„Warum nicht? Wer diese Prüfung nicht besteht, der ist nichts für unsereinen."

Robert vergaß den scherzenden Ton, er starrte Anke an, die ihn, wie es ihm vorkam, ein klein wenig spöttisch betrachtete. „Was ist denn das für eine Prüfung?"

„Großes Geheimnis, Robert. Hab ich meinem Großvater schwören müssen."

„Er ist aber sehr weit weg von hier."

„Schwur bleibt Schwur. Und dann gibt es verschiedene Varianten seiner Prüfung. Ich weiß nicht, welche er zum Beispiel bei dir anwenden würde. Überraschungen erlebt man bei Großvater immer."

„Nun, mir kann das ja auch gleich sein." Robert starrte verdrossen in das Bierglas. „Mein Großvater macht die Probe aber nur, wenn ich nichts dagegen habe", hörte er Anke sagen. Er blickte auf. Anke lächelte. „Und bei dir, Robert, hätte ich vielleicht was dagegen."

Es war die Zeit kurz nach Büroschluß. Anke und Robert ließen sich im Strom der Passanten treiben, und es sah aus, als gehörten sie gar nicht zusammen, zwischen ihnen blieb immer ein Abstand. Doch das erschien nur dem flüchtigen Beobachter so.

Auf der Weidendammer Brücke legte Anke die Hände auf das alte gußeiserne Geländer. „Möwen gibt's hier aber nur wenige", sagte sie. „Die finden ihr Futter in dieser Jahreszeit wahrscheinlich woanders. Hier sind wohl nur die Veteranen. Denen ist es zu beschwerlich, sich was zu suchen. Die wissen genau, daß sie gefüttert werden. Sie schnappen nicht einmal mehr nach allen Brocken, sie sind satt, und manchmal tun sie nur noch so, als könnten sie fliegen.“ Sie beugte sich über das Geländer und blickte auf das Wasser der Spree hinunter. Robert sagte: „Gefällt's dir wenigstens hier?“ Er legte seine Hand auf ihren Arm, spürte die weiche, glatte Haut unter seinen Fingern. Anke zog den Arm nicht fort. Sie blickte Robert an. Sie hörten nicht mehr die Schreie der Möwen, das Rattern der Straßenbahn, die Geräusche der vielen Autos, die über die Brücke fuhren. Auch das tiefe Dröhnen eines Flugzeuges entging ihnen. Die verzerrten Lautsprecherstimmen vom Bahnhof Friedrichstraße, Gelächter, Geschimpfe, Wortfetzen in fremder Sprache, all das und noch mehr nahmen die beiden auf der Brücke nicht wahr. Und es waren doch nur Sekunden, in denen Robert seine Hand auf Ankes Arm liegen ließ.

Anke trat vom Brückengeländer zurück. „Gehen wir zu dir nach Hause, Robert. Deiner Mutter möchte ich was Schönes mitbringen. Hat sie Blumen gern?“

Robert bestätigte, daß die Mutter Blumen liebte. Er wies dann über den Fluß hinweg auf die Häuser, deren Umrisse sich im warmen Dunst des Sommernachmittags weich und verschwommen abzeichneten. „Es ist in dieser Richtung. Wir können laufen.“

Nun gingen sie Hand in Hand. Und der Weg bis zu der Straße, in der er wohnte, erschien Robert heute als ein besonderer Weg.

Sie kauften Blumen in dem Geschäft der Frau Nadolny, die doch wieder „Herr Weißgerber“ zu Robert sagte und besonders schöne Nelken aussuchte. Robert hatte vergessen, daß er mit Anke die Straße entlangging, in der ihn viele kannten, er dachte nicht daran, daß auch Marschkes hier wohnten. Sie sprachen nicht viel, und sie hatten die Hände gelöst, aber der Abstand zwischen ihnen war verschwunden.

Sie gingen durch den kühlen, halbdunklen Hausflur und betraten den Hof. Es lagen noch weitere Höfe hinter diesem Hof, für Robert vertraut seit der Kindheit, mit den Durchgängen und den vielen Treppenhäusern, den kleinen Zäunen, den verbogenen Teppichstangen, den Lindenbäumen und dürftigen Sträuchern, den Speichern und Abfalltonnen, den verlassenen Kellern und den steil und nackt aufragenden Seiten- und Hinterhäusern, unverputzt meistens und seltsam belebt durch Blumenkästen an den Fenstern.

Anke blieb auf dem Hof stehen und blickte sich staunend um. „Das sieht man von draußen nicht", sagte sie.

Robert merkte, daß sie erschrocken war. „Die Städte sind noch so", sagte er, „das läßt sich nicht so schnell verändern."

„Ich hab schon viel davon gehört und auch gelesen", meinte Anke, „jetzt sehe ich das alles erst, wie es ist."

Als sie die schmale Treppe hochstiegen, griff sie nach seiner Hand. Was war mit der selbstsicheren Anke geschehen? Aber sie hatte ja hierher gewollt.

Die Mutter zeigte sich nicht sehr überrascht, als Robert mit Anke die Küche betrat. Als er das Mädchen vorstellte, sagte sie: „Er hat schon von Ihnen erzählt."

Anke kniff die Augen zusammen. Die Helle der kleinen Küche blendete nach dem Aufstieg im dunklen Treppenhaus.

„Robert sagt, Sie mögen Blumen gern." Anke wickelte die Nelken aus dem Papier.

„Das ist wahr. Ich danke Ihnen." Helene Weißgerber nahm die Blumen und bat Anke, sich zu setzen.

„Ich ziehe mich um", sagte Robert. Er ging in seine Kammer, räumte rasch noch etwas auf, ließ aber die Türen offen. Er wollte diese erste Begegnung zwischen Anke und seiner Mutter miterleben. Er dachte dabei an Ankes Großvater, der die Freunde seiner Enkeltochter Prüfungen unterwarf. Und Mutter prüfte ebenfalls, das wußte Robert genau, auch wenn sie es nicht offen zugab.

In der Küche saß Anke. Robert schien das auf einmal unbegreiflich. Sie war einfach mitgekommen, seine Wünsche hatten sich erfüllt. In diesem Augenblick hatte er keine Zweifel. Anke saß sehr steif am Tisch. Es fiel ihr doch schwer, die Verlegenheit zu überwinden, und Robert dachte, daß es nun auf Mutter ankäme, ganz und gar auf Mutter, die ja nicht sehr viel von diesem Mädchen wußte, nur das, was er ihr gesagt hatte.

Die Mutter schwieg, Robert begann sich schon zu sorgen,

machte absichtlich Lärm, damit man sich an seine Anwesenheit erinnere, und schloß geräuschvoll die Kammertür. Darauf aber hatte die Mutter anscheinend gewartet, denn als er wenig später in die Küche kam, lachten die beiden, Anke mahlte Kaffee, und die Mutter setzte Wasser auf.

„Wollt ihr zum Abendessen bleiben?" fragte sie.

Robert sah Anke erstaunt an, die ihm den Blick, wie es ihm schien, ein klein wenig ironisch zurückgab.

„Ich weiß nicht", sagte er unentschlossen, „ich hatte eigentlich was anderes vor."

„Es ist alles da", sagte die Mutter, „nur etwas Wurst müßtest du noch holen."

Er blickte von der Mutter zu Anke, aber die hatte mit der Kaffeemühle zu tun. Und die Mutter lächelte. Er beeilte sich, wurde aber das Gefühl nicht los, daß Mutter mit ihrer Prüfung noch nicht ganz fertig war und ihn deshalb fortgeschickt hatte.

Im Laden traf er Hermann Marschke. Bevor der ihn mahnen konnte, sagte Robert: „Das Brigadebuch hat doch noch bis zur nächsten Woche Zeit."

„Ach so", sagte Marschke, „du hast Besuch. Sei trotzdem pünktlich morgen."

„War ich schon mal unpünktlich, wenn ich tanzen war?"

„Ich hab's nicht so gemeint", sagte Marschke.

„Sie ist hübsch", sagte Robert, „und klug."

„So? Das weißt du schon alles?"

„Das weiß ich."

„Das geht schnell bei euch. Vielleicht bin ich da altmodisch. Ich dachte immer, dazu braucht man eine Weile, um festzustellen, ob jemand wirklich hübsch ist und wirklich klug."

Robert packte seinen Aufschnitt ein. „Ich könnte Urlaub gebrauchen", sagte er.

„Wann?"

„Morgen."

„Du weißt doch, was los ist. Oder?"

„Ja, ich weiß, was los ist."

„Na also, Robert."

Oben in der Küche war der Tisch schon gedeckt. Mutter rauchte eine Zigarette und Anke auch. Die Mutter sagte: „Auf den Friedhof gehen wir auch mal, Robert. Den mußt du mir zeigen, versprich mir das. Früher, als dein Vater noch lebte, sind wir jeden Monat irgendwo hingegangen."

Er wußte nun, daß Anke erzählt hatte und obendrein, was den Friedhof betraf, zu seinen Gunsten. Das gute Einvernehmen Ankes mit seiner Mutter stimmte ihn froh, und doch blieb er mißtrauisch. Er hätte zu gern gewußt, was sich da abgespielt hatte zwischen den beiden.

Sie aßen, und die Mutter sprach von ihrer Arbeit als Maschinistin im Kraftwerk. Später empfahl sie, auf den Trümmerberg im Friedrichshain zu steigen. Von dort habe man einen ausgezeichneten Rundblick. Der Fernsehturm würde in Zukunft zwar mehr bieten, aber immerhin, der Friedrichshain sei noch dazu ein Park.

Helene Weißgerber, klein und zierlich, saß in ihrer Küche zwischen ihrem Sohn und Anke und war guter Laune. Manchmal schaute sie nachdenklich und zärtlich ihren Sohn an und blickte auch verstohlen zu dem Mädchen hinüber.

Robert dachte: Wie ist das alles nur so schnell gekommen? Wir sitzen hier bei Mutter, und es scheint, als gehörten wir beide schon seit langem zusammen. Seltsam, sie waren von der Weidendammer Brücke ein paar Straßen Hand in Hand gegangen.

Nichts anderes war geschehen.

Ehe sie aufbrachen, sah sich Anke noch Roberts Kammer an, und wie er es vorausgesehen hatte, lehnten sie sich beide aus dem Fenster und schauten auf das Gewirr der Dächer, Schornsteine und Fernsehantennen hinab. Im Fenster drüben bei Marschkes, Robert sah genau hin, war niemand zu erblicken. Anke fand die Kammer wohnlich und meinte, der Blick aus dem Fenster sei sehr reizvoll. Sie entdeckte auch das Buch „Kleiner Mann – was nun?". Robert hätte es gern verborgen, aber es war schon zu spät.

„Hier hast du ja den Fallada", sagte sie.

„Ja", brummte Robert, „ich hab ihn."

Anke legte das Buch wieder aus der Hand. Sie schien zu spüren, daß es ihm peinlich war. „Fachbücher hast du aber eine Menge", sagte sie und wies auf eine lange Reihe im Bücherregal.

„Die brauch ich", meinte Robert, „Marschke sagt, immer an die Zukunft denken."

Er schaute hinüber zum Fenster im Nachbarhof und war schon versucht, Anke zu sagen, daß dort Hermann Marschke wohne und er, Robert, noch nicht genau wisse, wie sich seine Beziehungen zu dem Brigadier in Zukunft gestalten würden, und daß vor allem sie daran schuld sei. Aber er unterdrückte diese Anwandlung allzugroßer Mitteilsamkeit. Denn immer noch gab es, trotz erstaunlicher Vertrautheit, viel Unbekanntes zwischen ihnen. Eigentlich war ihm das meiste unbekannt.

Er wußte nur etwas von diesem Großvater, und Anke war des Alten liebstes Enkelkind. Und dann wußte Robert, daß sie im Herbst mit einem Studium beginnen wollte. Das war alles.

Er kannte nur ihre Gegenwart. Die allerdings war für ihn aufregend genug.

Verwundert beobachtete Robert, wie sich Anke von der Mutter verabschiedete. Die zupfte an Ankes Bluse herum, und Anke ließ sich das auch gefallen. Die Mutter sagte: „Vielleicht kommen Sie noch einmal zu uns. Später, ja? Sagen Sie Bescheid oder schreiben Sie. Dann koch ich und back ich. Und wir können uns was erzählen. Für heute noch viel Spaß. Und überreden Sie Robert, er soll Sie auf den Berg im Friedrichshain führen. Er soll Ihnen mal zeigen, wo mein Kraftwerk liegt. Es ist von dort oben gut zu sehen."

„Das muß er mir unbedingt zeigen, Frau Weißgerber", sagte Anke, „schönen Dank auch."

Als sie über den Hof gingen, blickte Anke hoch und winkte. Die Mutter sah aus dem Fenster. Sie hatte Nachtschicht und würde sich noch ein paar Stunden ausruhen.

„Deine Mutter gefällt mir", sagte Anke.

„Mit euch beiden ging's aber schnell", sagte Robert.

„Wieso schnell?"

„Ihr wart ja gleich ein Herz und eine Seele."

„Deine Mutter hat eine nette Art. Man muß einfach Vertrauen zu ihr haben."

„Nicht mit jedem klappt das gleich so", sagte Robert.

„Ich bin eben eine Ausnahme."

Robert dachte: Das bist du. Du kannst anscheinend jeden gewinnen. Mag Mutter auch ein freundliches Wesen haben, so schnell wird sie sonst nie mit meinen Bekanntschaften warm. Aber du, du mußt was in deinem Blick haben, das dir die Leute freundlich gesonnen macht.

„Wollen wir heute abend Cinzano trinken?“ fragte er.

„Warum nicht“, sagte Anke unbefangen, „er schmeckt ausgezeichnet.“

„Und wenn ich nicht will?“

„Dann eben nicht“, sagte Anke und lächelte.

Robert ärgerte sich über seine Frage, über die Art, wie er gefragt hatte. Er fuhr mit Anke in die Innenstadt, und sie gingen ins Restaurant „Moskau“. Hier hatte er mit der Brigade gefeiert, als sie wieder einmal ausgezeichnet worden waren.

Robert bestellte sofort Cinzano. „Weil ich vorhin so blöde gefragt habe“, sagte er.

Anke legte ihre Hand auf seinen Arm. „Da muß ich aber was essen, Robert. Mindestens ein halbes Kalb.“

„Bitte“, sagte er. „Wenn's sein muß, ein ganzes.“

Sie tranken Cinzano, in dem kleine Eisstückchen schwammen, die klirrten leise, wenn man das Glas schwenkte.

„Meine beiden Weltreisenden, Robert, auf die du ein wenig eifersüchtig zu sein scheinst“, sagte Anke, „fahren zur See. Die haben sich das schon als Jungs vorgenommen, wie übrigens viele aus meiner Klasse. Die beiden aber haben's geschafft.“

„Ein Schluck also auf die Weltreisenden“, sagte Robert.

„Einen großen Schluck“, sagte Anke. „Wir sollten nie kleinlich sein, Robert.“

„Sollte man auch nicht. Aber wenn ich nun so gar nichts weiß von dir?“

„Was willst du denn wissen?“

„Alles.“

„Du bist unbescheiden. Wir kennen uns erst ein paar Stunden, verteilt auf drei Tage.“

„Kennen wir uns nicht schon ein ganzes Jahr?“ sagte Robert. Er trank einen großen Schluck Cinzano.

„Drei Tage, Robert“, sagte Anke, „und bald fahre ich ab.“

Robert sah auf. Was hatte sie gesagt?

„Du bleibst doch noch hier“, sagte er.

„Drei oder höchstens vier Tage. Und es soll sich noch manches entscheiden.“

„Was muß sich entscheiden, Anke?“

Anke sah in den Raum, in dem es nicht sehr laut war, trotz der vielen Gäste, die an den Tischen saßen und aßen und miteinander redeten. Sie sagte leichthin: „Heute ist nicht morgen, Robert. Willst du wissen, wo ich zu Hause bin?“

„Klar. Das muß ich wissen“, sagte Robert.

„Wenn du von Berlin kommst, auf der Landstraße, die in unsere Stadt führt, siehst du rechterhand zum erstenmal den Bodden. Manche Leute halten an und glauben, da sei schon die See. Aber es ist der Bodden. Nicht klein, sondern weit und blau, und drüben siehst du die Ufer der Insel. Wenn du angehalten hast, dann schau mal nicht aufs Wasser, sondern auf die Häuser davor. Es sind keine großen Häuser. Spitzgieblig sind sie und aus roten Ziegeln gebaut. Eine ganze Reihe, und fast jedes hat die Tür nach Süden, und manche Eingänge sind mit Rosenstöcken eingefaßt. Und wo die schönsten Rosen sind, in diesem Haus wohnen wir.“

Anke ließ die Eisstückchen klirren.

Robert sagte: „Dort wohnen also Czerwenkas. Kein Hinterhof und so.“

„Nein, dort nicht“, sagte Anke.

„Und wenn die Rosen nicht blühen?“ fragte Robert.

Anke überlegte. „Man findet uns schon“, sagte sie.

„Wer findet euch?“

„Der zu uns will!“

Robert dachte darüber nach. Der Cinzano hatte ihn ruhiger gemacht. Er saß hier, und die schwere Arbeit in der Baugrube am Alex war nun doch zu spüren. Ankes blondes Haar glänzte im weichen Licht der Lampen. Er nahm ihre Hand und sagte: „Du hast mich ganz schön durcheinandergebracht.“

Anke sagte: „Du mich aber auch.“

Sie lauschten auf den gedämpften Lärm einer Tanzkapelle, die im Café über ihnen spielte, und tranken den Wein. Der Abend war gekommen. Als sie auf der Straße standen, färbte die untergehende Sonne den Himmel. Anke meinte, diese Farben, die Silhouetten der Hochhäuser und Türme, eingetaucht in das rötliche Licht, würde sie auf Postkarten als unwahr empfinden, heute aber könnte sie sich nicht satt sehen daran. Robert legte den Arm um Ankes Schultern, und sie gingen, wie es Frau Weißgerber empfohlen hatte, zum Friedrichshain. Sie redeten wenig. Auf einem Parkweg blieben sie stehen, als hätten sie das verabredet, und küßten sich. Die Welt war nur für sie da. Sie gingen hinauf bis zur Spitze des Trümmerbergs, von dem aus man einen weiten Blick über die große Stadt hatte, setzten sich auf den Rand der steinernen Einfriedung, und Robert erklärte Anke Gebäude und Straßen und zeigte ihr die Schornsteine des Kraftwerks, in dem seine Mutter arbeitete. Er spürte Ankes Schweigsamkeit und hielt das Mädchen im Arm, als hätte er Furcht, er könnte es verlieren.

Dann verstummte auch er. Die Sonne sank tiefer. Über den östlichen Vororten der Stadt breitete sich eine bläuliche Dämmerung aus und zog langsam näher. Robert hatte nicht das erstemal ein Mädchen bei sich, doch wie es sonst gewesen war, wußte er nicht mehr, heute war alles anders, und, wie er glaubte, auch er war anders. Die Furcht aber verließ ihn nicht, daß sich im nächsten Augenblick alles als Täuschung herausstellen könnte.

Anke lachte leise.

„Warum lachst du?" fragte Robert.

„Meine Großmutter hat mich gewarnt", sagte sie, „lache dir keinen Mann an, hat sie gesagt. Das bringt nur Scherereien."

„Du hast also Scherereien?"

„Ja", sagte Anke, „große sogar."

Das hatte sie ohne Spott gesagt.

„Warum denn bloß?" fragte Robert.

Anke gab keine Antwort. Sie verlangte einen Kuß von ihm.

Später sagte sie: „Du hast ein gelbes Turnhemd getragen. Es war naß. Auch deine Haare waren ganz naß. Ich hatte gleich an meine Großmutter denken müssen, als du dich neben mich gesetzt hast." Sie strich Robert über das Haar. Die blaue Dämmerung hatte nun fast den ganzen Himmel bezogen, nur am äußersten Rand im Westen glimmte noch ein heller Streifen, als hätte jemand den Vorhang vor einem erleuchteten Fenster nicht ganz zugezogen. Anke löste sich aus Roberts Armen und bewunderte die zahllosen Lichter der großen Stadt. Es war kühler geworden, über den Hügel strich ein leichter Wind. Anke stand auf, und Robert wußte, sie wollte gehen. Seine Frage hatte sie nicht beantwortet.

Sie liefen den Hügel hinab und verließen rasch den Park.

„Wo wohnst du hier?“ fragte Robert.

„Weit draußen. In Weißensee.“

„Ich bring dich dorthin.“

Es war eine stille Siedlung, niedrige Häuser, erbaut in den dreißiger Jahren, eingebettet in Grünanlagen. Vor einem Hauseingang blieb Anke stehen.

„Hier ist es?“ fragte Robert.

Anke wies auf ein Namenschild. Robert las den Namen Hammer.

„Wir sind mit der Familie befreundet. Sie sind jetzt bei uns.“

„Da hast du eine Wohnung für dich allein.“

„Ja.“

Anke lehnte an der Hauswand. Robert stützte seine Hände an die Wand, schloß Anke ein. Die Steine waren noch warm von der Sonnenstrahlung des Tages.

„Du bist also allein in der Wohnung.“

Das spärliche Licht der Gaslaternen erleuchtete nur schwach die Straße.

„Es ist nicht meine Wohnung“, sagte Anke. Robert löste seine Hände von der Hauswand und gab Anke frei, als sie seinen Arm leicht zur Seite schob.

„Es ist spät“, sagte Anke, „du mußt doch morgen zeitig raus.“

Robert erinnerte sich an den vergangenen Abend. Hatte er sich nicht mit ähnlichen Worten von Monika verabschiedet?

„Was ist schon eine Nacht ohne Schlaf“, sagte er, „wir haben ganz andere Sachen hinter uns und haben dann doch am Tage noch unsere hundertdreißig Prozent geschafft.“

Anke suchte ihre Schlüssel hervor. „Morgen und übermorgen muß ich einen klaren Kopf haben, Robert. Wir werden uns nicht sehen können.“

„Morgen und übermorgen? Warum denn?“

„Es hängt mit meinem Studium zusammen.“

„Und am Sonnabend?“

„Dann ist alles vorbei.“

„Dann sehen wir uns?“

„Ja."

„Ich hol dich ab. Ganz früh steh ich vor dem Haus. Wenn die Tür noch abgeschlossen ist, pfeife ich. Kennst du meinen Pfiff? Paß auf." Er pfiff langgezogen mit einem kurzen scharfen Schlußton. „So etwa. Aber in anderer Lautstärke."

„Gut, dann weiß ich Bescheid", sagte Anke.

„Und was unternehmen wir am Sonnabend?" fragte er.

„Mach einen Vorschlag, Robert. Du kennst dich hier aus."

„Ich weiß schon. Ich hol Karten für einen Dampferausflug. Der Bogner hat einen Schwager bei der Weißen Flotte, der besorgt mir gute Plätze, auch wenn schon alles ausverkauft ist. Nimm deinen Badeanzug mit. Eine Decke packe ich ein."

Anke preßte sich plötzlich heftig an Robert, drückte ihren Kopf an seine Brust. Er stand ganz starr, so überrascht war er. Dann aber bog er ihren Kopf nach hinten. Er sah ihr Gesicht. Die Augen waren geschlossen. Er spürte ihren Körper. Er hielt sie fest, wollte sie nicht loslassen. Anke schob ihn von sich. „Laß, Robert. Es ist besser so." – Hinter ihr war die Tür ins Schloß gefallen.

Viel später erst drückte Robert die Klinke herunter. Die Tür war nicht verschlossen. Er betrat den Hausflur. Die Treppenbeleuchtung brannte noch, der Automat schnurrte, aber sonst war kein Laut zu hören. Dann erlosch das Licht. Robert stand eine Weile im Dunkeln und verließ dann das Haus. Er sah nach oben, aber die Fensterfront blieb dunkel. Durch einen Torbogen, der mit wildem Weinlaub bewachsen war, gelangte Robert an die Rückseite des Hauses. Hinter zwei Fenstervorhängen bemerkte er schwaches Licht. Hinter welchem war Anke? Robert setzte sich auf eine niedrige Bank. Er wußte, die Haustür war offen. Wenn er nach oben ginge und an der Tür mit dem Namenschild Hammer auf den Klingelknopf drückte . . .?

Er saß noch lange auf der Bank, rauchte und überdachte die Merkwürdigkeiten des Tages. Er dachte auch, daß es doch eine ziemlich altmodische Sache sei, jetzt hier zu sitzen, und dort oben in einem Zimmer lag allein das Mädchen. Aber das blieb nur ein flüchtiger Gedanke. Am Sonnabend wird er sie wiedersehen.

Er erhob sich. In den beiden Fenstern war das Licht erloschen.

Robert ging nicht nach Hause. Er lief in der warmen Sommernacht den weiten Weg bis zum Alex, suchte den Bauwagen und den Schlüssel zum Teufelsfratzenschloß.

Er trank noch eine Limonade und legte sich auf die harte Bank. Er sah durch das kleine Fenster die roten Warnlampen am Fernsehturm in regelmäßigen Abständen aufblinken, überlegte, ob Anke vielleicht auch den Fernsehturm vom Fenster ihres Gastzimmers sehen könnte, und schlief unvermittelt ein.

5

Beim Schrillen des Weckers sprang Robert aus dem Bett und öffnete das Kammerfenster. Er hätte viel früher aufstehen können, denn er war schon aufgewacht, als die Morgendämmerung heraufkam. Aber er hatte sich bezwungen. Er wollte diesen ungeduldig erwarteten Tag ohne Hast beginnen.

Es war Sonnabend.

In der Küche lag alles bereit. Die Mutter hatte, bevor sie zur Nachtschicht ging, wie immer dafür gesorgt. Robert brauchte nur den Kaffee aufzubrühen, die Stullenbüchse in den sorgfältig gesäuberten Campingbeutel zu schieben und das saubere Hemd, das über dem Stuhl hing, überzustreifen. Und es lag noch ein Zettel auf dem Tisch. – Grüße Deine Anke! Mutter –

Er tat alles ohne Eile, hörte die Nachrichten im Radio, aber eigentlich nur die Wettervorhersage, die von steigendem Luftdruck berichtete und einem Hoch, das wetterbestimmend bliebe.

Die beiden Tage ohne Anke waren vorüber. In dieser Zeit hatte er das seltsame Gefühl gehabt, daß auf der Welt nur noch eins von Bedeutung sei, das Wiedersehen mit Anke. Dieses Gefühl hatte ihn ungewöhnlich freundlich gestimmt, eine seelische Verfassung, die den Kumpels auffiel, die sie aber respektierten, schon aus dem Grunde, da Robert an diesen Tagen für zwei arbeitete. Es fiel auf, daß er kaum schimpfte und auch dann ruhig blieb, wenn den anderen in der Baugrube die Nerven durchgingen, sogar dem beherrschten Marschke und dem ruhigen Bogner.

Schmidt bemerkte verwundert: „Den hat die liebe Liebe immun gemacht gegen alle Widerwärtigkeiten des Lebens. Ein beneidenswerter Zustand."

Es waren kritische Tage in der Baugrube. Bertel hielt sich stundenlang bei ihnen auf und hatte sich allerhand anzuhören über ungenügende Vorbereitung, ungenaue Pläne, total versagende Organisation und ähnliches. Er trug die Vorwürfe mit Gelassenheit, explodierte hin und wieder, überhörte vieles. Aber er war da und stellte sich den Schwierigkeiten, er kniff nicht.

Robert berührte das kaum, er packte zu und war im Grunde genommen froh über die heißen Arbeitstage.

Bertel kam einmal zu Robert, schlug ihm auf die Schulter und sagte: „Na ja, Alter!“ Robert verstand ihn.

Am Donnerstag sah es aus, als müßten sie am Wochenende eine Sonderschicht einlegen. Marschke machte vorsichtige Andeutungen. Sie wurden schweigend aufgenommen, auch von Robert. Für ihn gab es aber kein Überlegen, diesmal würde er nicht mitmachen. Am Freitag hatte es sich entschieden, daß die Wochenendschicht nicht nötig war.

Am Freitag, gegen Ende der Arbeitszeit, saß Robert an der Baugrube auf einem Stapel Betonteile und rauchte eine Zigarette. Dieter Schmidt setzte sich zu ihm und verlangte Feuer. Sie rauchten eine Weile schweigend. Im nahen Bürohaus blickten Mädchen und Frauen aus den Fenstern. Schmidt pfiff gellend und schnitt Grimassen. Die Frauen lachten, und Schmidt rief hinauf: „He, ihr, eine schöner als die andere. Warum kommt ihr nicht runter? Hier ist's heiß, und wir sind nicht zimperlich. He, ihr!“

Ob die Frauen am Fenster verstanden hatten, war nicht zu erkennen. Sie lachten jedoch immer noch, und eine zeigte die Zunge.

Robert sagte mißmutig: „Was wir immer so brüllen. Solche Kerle sind wir.“

„Sind wir auch“, sagte Schmidt, „aber du bist heute empfindlich.“

Robert gab keine Antwort. Schmidt betrachtete ihn und sagte: „Die Blonde hat dich geschafft, mein Junge.“

„Mag sein“, sagte Robert, „aber es gefällt mir.“

Schmidt malte mit einem Stück Kreide Figuren auf die Betonteile, Mädchen mit schwungvollen Busen, Männer, die grinsten, und allerhand Phantasieprodukte.

Er sagte: „Die da oben denken, wir sind so, wie wir aussehen und wie wir uns benehmen. Rauh und frech und mit einem goldenen Herzen unter der harten Schale. Natürlich alles Quatsch. Klar, wenn sie dich zum Beispiel hier so sitzen sehen, die schwarze Tolle, das breite Kreuz, das knallgelbe Hemd, da machen sie sich so ein allgemein übliches Bild. Was kostet die Welt, he, ihr! Täuschung, meine Damen. Große Täuschung. Der Kerl schweigt und lächelt den ganzen Tag vor sich hin, daß einem angst und bange werden kann. Eine Schönheit hat ihn weich gemacht. Robert Weißgerber, Brunnenbauer, empfindsam, verliebt, einer, der Rätsel aufgibt. Na, ihr? He, ihr? Was sagt ihr nun da am Fenster?"

Robert hatte Schmidts seltsamen Eröffnungen verwundert zugehört und sagte: „Der Dieter Schmidt gibt auch Rätsel auf."

„Natürlich. Wir sind eben immer anders als wir sind."

Er zertrat den Zigarettenrest.

„Rauchpause beendet", sagte er, und auf dem Weg zur Baugrube: „Man hat immer noch zuwenig Gelegenheit, anders zu sein. Haut nicht hin, meine ich."

Diese letzte Bemerkung kam bei Robert aber nicht an; im Augenblick lebte er in einer anderen Welt, in der eine mürrische Stimmung nicht möglich war.

Das hatte sich gestern zugetragen auf der Baustelle am Alexanderplatz . . .

Jetzt, am Sonnabendmorgen, beherrschte Robert nur noch das Gefühl einer großen Erwartung.

Er fuhr mit der Straßenbahn, dann mit dem Bus, stieg aber schon zwei Haltestellen früher aus und ging rascher als gewollt. Am Haus überzeugte er sich, daß dort Hammers wohnten, ging durch den mit wildem Wein bewachsenen Torbogen, der sah im Licht des klaren Morgens etwas dürftig aus, und setzte sich auf die Bank, auf der er in der Nacht vor zwei Tagen gesessen und zu den beiden Fenstern hochgeschaut hatte. Ein Mann wusch mit Hingabe sein Auto, einige Fenster waren geöffnet, man hörte Radiomusik. Es saß sich angenehm in der Sonne, die schon wärmte. Ringsum Büsche und Rasenflächen. Robert suchte die Fenster, war sich aber nicht sicher, ob er die richtigen gefunden hatte, in der Dunkelheit täuschte man sich oft. Er saß eine Weile, dann probierte er seinen Pfiff, noch nicht sehr laut, aber doch hörbar in der näheren Umgebung. Es öffneten sich auch Fenster, und der Mann am Auto schaute zu ihm hinüber. Doch Anke war an keinem Fenster zu sehen. Er pfiff noch einmal lauter, der Mann am Auto rief etwas, doch Robert verstand nichts, er sah in angstvoller Spannung zu den Fenstern hinauf. Warum zeigte sie sich nicht? Er lief durch den Torbogen in das Haus hinein, in dem er schon einmal gestanden hatte, suchte die Tür mit dem Namenschild Hammer und klingelte.

Ein Mann in mittlerem Alter öffnete, sonnengebräunt das Gesicht, und Robert wußte nun, daß die Besitzer der Wohnung zurückgekommen waren. Der Mann trug einen Bademantel und sah den frühen Besucher nicht sehr freundlich an.

Robert fragte nach Fräulein Anke Czerwenka.

„Fräulein Czerwenka ist nicht mehr hier", sagte der Mann.

„Wieso ist sie nicht mehr hier? Das ist doch nicht möglich", sagte Robert.

„Sie ist nach Hause gefahren. Deshalb ist sie nicht mehr hier."

Eine Frauenstimme rief aus der Wohnung. „Sind Sie Herr Weißgerber? Robert Weißgerber?"

„Ja, der bin ich."

„Anke hat einen Brief hiergelassen. Walter, du weißt doch, der Brief liegt auf dem Flurtisch."

„Ach so", sagte der Mann. „Sie sind der junge Mann. Ja, da ist ein Brief für Sie da." Er trat in die Wohnung zurück, aus der es nach frischgebrühtem Kaffee roch, und erschien wieder mit einem Brief.

„Na ja", sagte er, „so ist das. Was soll man schon machen. Ein Brief, das ist dann alles."

„Danke", sagte Robert und lief die Treppen hinunter, trat auf die Straße und ging in die Richtung der Straßenbahnhaltestelle, den Brief in der Hand, als müßte er sehr eilige und wichtige Post zum Briefkasten bringen und dürfte das auf keinen Fall vergessen. Robert lief, bis er die Siedlung weit hinter sich hatte, dann erst setzte er sich auf eine Bank und riß den Briefumschlag auf.

Er las:

Lieber Robert! Das drittemal fange ich diesen Brief an. Ich sitze in meinem Zimmer, das ich hier bewohne, genauer gesagt, noch zwei Stunden bewohnen werde, und schaue auf die Bank hinunter, auf der Du vorgestern gesessen hast. Ich habe am dunklen Fenster gestanden und gewartet, bis Du gegangen warst. Mit Bangen und einer unsinnigen Hoffnung habe ich dann noch gelauscht, ob an der Tür die Klingel gehen oder ein leises Klopfen zu hören sein würde. Ich habe das erhofft und zugleich befürchtet. Ich war erleichtert, als es still blieb, und doch traurig. Du weißt, die Tür unten war nicht abgeschlossen. Ich habe sie nicht absichtlich offengelassen, Robert, ich bin einfach davongerannt nach unserem Abschied, die Treppen hinauf, und erst oben ist mir eingefallen, daß ich nicht abgeschlossen hatte. Da hörte ich, wie jemand die Tür öffnete. Das kannst nur Du gewesen sein. Aber es blieb still, die Treppenbeleuchtung erlosch. Ganz leise zog ich die Wohnungstür hinter mir zu. Was hätte ich getan, Robert, wenn Du doch noch gekommen wärst? Hätte ich geöffnet? Ja, ich hätte Dir geöffnet, ich glaube ja. Du bist nicht gekommen, und es war gut so. In den beiden letzten Tagen, die für mich nicht leicht waren, habe ich mir auch unsere Geschichte noch einmal durch den Kopf gehen lassen. Und ich bin zu dem Schluß gekommen, daß es besser ist, wenn wir uns nicht mehr sehen, besser für mich, aber auch für Dich. So einfach, wie ich das hier niederschreibe, ist mir der Entschluß nicht gefallen. Bitte, glaub mir das. Den Anstoß gaben meine Bekannten, die einen Tag früher als vorgesehen nach Hause kamen. Sie hätten mich nicht rausgeworfen, das nicht, aber die Wohnung ist nicht sehr groß, und sie brauchen das Zimmer, das sie mir für den Urlaub abgetreten haben. Doch, Robert, ich will mir und auch Dir nichts vormachen, es war nur der Anstoß zu meinem Entschluß, Hals über Kopf abzureisen. Es war für mich die letzte Möglichkeit. Wären wir jetzt, da Du den Brief liest, zusammen, hätte ich also den Brief nicht geschrieben, hätte ich auf Deinen Pfiff gewartet, dann wäre es zu spät gewesen für eine vernünftige Trennung.

Du mußt jetzt nicht denken, daß ich feige bin und kneife. Ich weiß einfach, daß es besser ist, wenn wir nicht mehr zusammenkommen.

Als Du Dich neben mich auf den Sockel vom Humboldt-Denkmal gesetzt hattest, dachte ich: Na ja, das ist so einer von denen. Und ich war neugierig und wartete, wie Du es anstellen würdest. Ich hatte ja Zeit und wollte mich ein bißchen dafür rächen, daß Ihr mich vertrieben hattet. Und dann ist alles ganz anders gekommen.

Ich habe keine Erfahrung, Robert, wenn ich auch manchmal

altklug rede und mächtig auf die Pauke haue, ich weiß, daß ich bis jetzt nur Tändeleien und Flirts kennengelernt habe. Manchmal hat's mir Spaß gemacht, aber nur eine Weile, oft war es von vornherein langweilig. Ich konnte immer voraussehen, wie sich so was entwickelt, ich wußte schon die Redewendungen und die Art, wie man glaubt, zu bestimmten Zielen zu kommen. Ich habe mich immer ganz schön amüsiert, wenn ich so eine Angelegenheit dann abbrach, als es für meinen Kavalier am spannendsten wurde. Ach, die Reaktionen! Du wirst vielleicht denken, was ist das für ein gemeines Luder. Manchmal war ich auch gemein, ich geb's zu. Aber die, denen ich besonders empfindlich die Eigenliebe verletzte, die hatten es auch verdient. Irgendwie muß man sich ja wehren als Mädchen, das verstehst Du doch, Robert? Aber mit Dir war alles anders. Ist alles ganz anders. Das ist nicht nur ein Flirt, Robert. Für mich nicht. Und so muß ich sofort abfahren. Es darf nicht weitergehen. Ich bin noch nicht zwanzig. Ich weiß nicht viel, ich kann nicht allzuviel. Ich habe mir allerhand vorgenommen. Du doch auch, Robert? So sollten wir eben Abschied nehmen. Bloß nicht sentimental werden. Das hätte noch gefehlt.

Tschüs!
Anke

Auf der Bank, an einer Haltestelle der Straßenbahn, zwischen den Füßen den Campingbeutel, in dem die eingerollte Decke und eine Büchse voller gutbelegter Stullen steckten, saß Robert und hielt den Brief in den Händen. Er hatte ihn langsam gelesen, Wort für Wort. Die Straße belebte sich allmählich, ein Straßenbahnzug hatte gehalten und war wieder abgefahren. Wer von den Fahrgästen, der vielleicht flüchtig auf die Bank hinuntersah, hätte ahnen können, daß sich in dem kräftigen jungen Mann dort, der so aussah wie tausend andere seines Alters, denen man manchmal mit Neid nachschaut oder auch mit Mißfallen, daß sich in diesem jungen Mann eine Tragödie abspielte, die erste seines Lebens.

Aber die Straßenbahn fuhr weiter, die Leute hatten ihre Freuden und Sorgen und auch Tragödien. Und was sah man dem jungen Mann da unten auf der Bank schon an? Er saß da und hielt einen Brief in der Hand, den faltete er sorgfältig

zusammen und steckte ihn in seine Brieftasche, schob sie in die Gesäßtasche seiner Hose, warf sich den Campingbeutel über die Schulter und bestieg die nächste Straßenbahn. Er fuhr bis zur Endstation in der Nähe der Straße Unter den Linden. Dort stieg er aus und lief zur Universität, blieb vor dem einen Humboldt stehen und sah die Marmorfigur an, als wäre die für ihn von ganz besonderem Interesse. Er stand eine ganze Weile wie benommen, dann lief er die Linden hinunter bis zum Springbrunnen an der Friedrichstraße. Doch hier setzte er sich nicht auf den Rand des Wasserbekkens. Er sagte zu sich: Schluß jetzt. Du bist verrückt. Das Mädchen ist abgefahren. Einen Brief hast du in der Tasche, den anderen zu Hause. Es gibt, was den letzten betrifft, zwei Möglichkeiten. Du nimmst ihn so, wie er geschrieben ist, glaubst jedes Wort, verstehst diesen Brief und erkennst alles an, was dort steht und zwischen den Zeilen mitklingt. Dann wirst du immer an das Mädchen Anke mit einer gewissen Wehmut denken. Schade. Es war schön. Aber es war ja tatsächlich nicht viel geschehen. Es blieb alles fast unwirklich, so eine Art modernes Märchen. Die Wehmut wird nachlassen mit der Zeit, und die Erinnerung an ein paar Sommertage wird bleiben. Na schön. Eine nette Erinnerung.

Und die zweite Möglichkeit? Alles Schwindel, was da steht. Ein raffiniertes Luder. Hat mit dir gespielt und sich einen Spaß gemacht, und du warst so dußlig und bist darauf hereingefallen, du hast zu ihrem Zeitvertreib ... Halt! Wer gibt dir das Recht, den Brief so zu deuten? Dein verletzter Stolz, deine gekränkte Eitelkeit treiben dich dahin. So geht es aber nicht. Das darf nicht sein.

Erleichterung fühlte Robert durch dieses Selbstgespräch nicht. Er stand allein hier, und der Tag, dieser heißersehnte Sonnabend, war noch lang. Und eine Antwort fand er auch nicht. Warum denn so ein Abschied? Sie hätte es doch sagen können: Robert, es geht nicht so weiter mit uns beiden. Robert, ich fahre nach Hause. – Er wäre zum Bahnhof mitgekommen. Der Zug wäre aus der Halle gefahren, und er hätte gewinkt.

Was aber hätte sich an der Tatsache geändert, daß es aus war zwischen Anke und ihm?

Robert lief zum Bahnhof Friedrichstraße, setzte sich in eine Gaststätte, bestellte ein ausgiebiges Frühstück. Der Tag sollte normal beginnen, einfach so, wie es sich für einen freien Sonnabend gehörte. Unglücklicherweise hatte er sich an einen Tisch gesetzt, von dem aus er die Weidendammer Brücke sehen konnte. Die trägen Möwen kreischten, und es standen auch dort wieder Leute, die den Vögeln Brotkrümel zuwarfen. Robert ließ die Hälfte seines Frühstücks stehen, bezahlte und verließ die Gaststätte wie auf der Flucht. Erst in der S-Bahn, auf der Fahrt nach Strausberg, wurde er etwas ruhiger. Er sah nach draußen auf die Kleingartenanlagen, Vorstadtsiedlungen und Wälder, und hier erinnerte ihn nichts an Anke. Er lief über Wiesen und durch Waldungen, möglichst auf einsamen Wegen, er erinnerte sich nicht, jemals in den letzten Jahren oder überhaupt in seinem Leben solche Spaziergänge unternommen zu haben. Er schwamm in einem kleinen See, mied jedoch die Badestelle, wo es laut und fröhlich zuging, und verbrachte im Gras liegend und grübelnd den Tag. Am Nachmittag hatte er Hunger und aß die Stullen, die Mutter für zwei zurechtgemacht hatte. Er schlief dann ein und erwachte mit Kopfschmerzen, die er mit Schwimmen und Tauchen im kühlen Wasser verdrängte.

Am Abend kam er nach Hause, die Mutter hatte ihn noch nicht erwartet. „Warum kommst du jetzt schon, Robert?"

Robert gab ihr den Brief. Sie setzte sich die Lesebrille auf, umständlicher als sonst. Das machte sie älter. Sie las langsam und gab Robert dann den Brief zurück.

„Also das ist es", sagte sie, sonst nichts.

Robert blickte zu seiner Mutter hinüber, er hatte angenommen, daß sie sofort etwas sagen würde, um ihn zu bedauern vielleicht. Nun schwieg sie aber, und das verwirrte ihn. Sie trug das Abendbrot auf, und erst als sie am Tisch saß, sagte sie: „Es ist schon sehr schade, Robert. Ich hab sie vom ersten Augenblick an gern gehabt."

„Das ist doch keine Art, so wegzugehen", sagte er heftig.

„Sie hat dir einen Brief geschrieben."

Das wußte er ja, er hatte es sich am Tage hundertmal gesagt, daß Anke das Recht habe, auf diese Weise zu gehen. Mutter hatte erkannt, daß der Brief ernst gemeint war, daran gab es keinen Zweifel, und auch er mußte sich von der Vorstellung trennen, daß alles nur ein Spiel war und der Brief eine Lüge.

Die Mutter sagte: „Gräm dich nicht zu sehr, Robert."

„Grämen?" sagte er trotzig, „was ist denn das. Ich denk nicht daran. Was soll's auch. Wer weiß, was ihr nicht gefällt an mir. Ist ja auch egal. Vielleicht hätte mir später auch manches an ihr nicht gepaßt. Aber was hat sie denn bloß für einen Grund? Da ist doch was passiert. Am Abend, als wir uns das letztemal gesehen haben, hat sie gesagt, daß sich für sie was entscheidet. Warum hat sie nicht gesagt, was das ist?"

„Du verlangst viel, Robert", sagte die Mutter behutsam, „ihr habt euch ein paar Stunden gekannt. Du mußt nicht ungerecht sein. Ich weiß, wie es ist, wenn man ungerecht wird. Da zerbricht man vieles."

Robert wußte, woran die Mutter jetzt dachte. Vor Jahren hatte sie einen Mann kennengelernt. Der mochte sie sehr, aber sie lehnte ihn ab, nur weil sie glaubte, daß er ihren Kindern, die sie nach dem Krieg großgezogen hatte, kein guter Vater werden könnte. Robert erinnerte sich an den Mann, der unbeholfen mit ihm, dem Jüngsten, zu spielen versucht hatte, dem es schwerfiel, den Geschwistern gegenüber sofort den richtigen Ton zu finden. Vielleicht hätte er ihn aber gefunden, wenn ihn die Frau nicht so argwöhnisch beobachtet hätte, voller Angst, daß die Harmonie, die sie in den Jahren aufgebaut hatte, durch ihn gestört werden könnte. Der Mann war dann nicht mehr gekommen, und Robert wußte, daß Mutter darunter gelitten hatte. Doch was half ihm das jetzt. Wer sollte da überhaupt helfen können.

Die Mutter schien seine Gedanken zu erraten. „Damit mußt du allein fertig werden, Robert."

Das versuchte er, als er in der Kammer auf seinem Bett lag und nicht schlafen konnte.

Wer bin ich denn eigentlich? Na ja, ein junger Mann eben. Und da ist ein Mädchen. Ich habe ihr gefallen. Das besagt noch gar nichts. Aber ich empfinde viel für sie. Und ich habe mir eingebildet, daß da was gewesen ist zwischen uns, was Besonderes. Vielleicht ist es wirklich nur Einbildung, denn sonst wäre sie nicht abgefahren, dann wäre sie hiergeblieben, bei mir, dann hätte die Welt untergehen können, sie wäre mit mir zusammengeblieben.

Robert sah im kleinen Kammerfenster einen Ausschnitt des Nachthimmels. Die Sterne erschienen ihm kalt und fern.

6

Der August brachte Regen aus tiefhängenden Wolken, die in ununterbrochener Folge von Norden heranzogen. Fast drei Wochen waren vergangen, seit Anke an jenem Sonnabend ohne Abschied weggefahren war. In diesen Wochen hatte Robert an jedem Tag in der Baugrube am Alex, die doch weit mehr Schwierigkeiten bereitete, als Max Bertel und Hermann Marschke voraussehen konnten, seine Arbeit gewissenhaft und gut gemacht, still und in sich gekehrt, ohne unfreundlich zu sein. Als die Brigade erfuhr, daß es aus war mit Robert und Anke, hatten sie ihn in Ruhe gelassen und gedacht, daß er es schon überwinden würde. Glomm meinte, es sei noch nie jemand an Liebeskummer eingegangen, soviel er wüßte, und wenn das irgendwann einmal passiert sein sollte, könnte man das nur als große Dämlichkeit bezeichnen. Es widersprach niemand, es stimmte aber auch keiner zu. Der merkwürdige Zustand Roberts hielt zu lange an. Bogner schwieg und schien es Robert übelzunehmen, daß er die Chance nicht genutzt hatte, so eine Chance bei so einem Mädchen, fast ebenbürtig seiner Frau. Marschke tat, als merke er nichts von Roberts Stimmung. Nur Dieter Schmidt sagte einmal zu Robert: „Diese Weiber, wenn die nicht wollen, dann wollen sie nicht."

„Was soll man da machen", erwiderte Robert und dachte, daß Dieter Schmidt wahrscheinlich seine eigenen Probleme habe.

„Man besäuft sich eben mal – und die Zeit heilt alle Wunden, wie man so sagt", meinte Schmidt und spuckte kräftig aus. Robert zweifelte, ob dieses Mittel wirken könnte.

So vergingen die Wochen, bis dieser Tag Mitte August herankam, ein regnerischer und kühler Tag. Da fuhr der Tieflader mit dem Arbeitswagen und dem Arbeitsgerät der Brigade Marschke wieder über die Straße Unter den Linden und bog auf den Platz an der Kommode ein. So trüb wie das Wetter, so trüb war Roberts Stimmung.

Die anderen zeigten trotz des Wetters gute Laune. Schließlich hatte die Brigade den Auftrag am Alex glänzend erfüllt und eine Prämie erhalten. Bertel fand anerkennende Worte, und sie hatten auf Vorschlag Marschkes beschlossen, am Abend im Operncafé, nebenan sozusagen, den Erfolg der harten Wochen zu feiern, mit Frauen, soweit vorhanden, selbstverständlich. Alles das berührte Robert wenig, für ihn waren die Tage mit Anke wieder lebendig geworden. Warum mußten sie zur Kommode zurück, es gab doch noch viele Baustellen, wo sie gebraucht wurden. Der Bertel hatte kein Gefühl.

Der Tieflader rumpelte durch die Bauzaunlücke, die Farbe der Reklameschrift, die für das Centrum-Warenhaus warb, war in Hitze und Regen verblaßt. Sie luden Wagen und Gerät ab, nicht ohne Geschimpfe. Robert tat lustlos und schweigend seine Arbeit. Manchmal blickte er zu den Sandsteinfiguren auf dem Sims der Kommode hinauf, von denen, wie er nun feststellte, einige schon wieder hell aussahen, die anderen aber noch rußgeschwärzt und finster dort oben standen wie die leibhaftigen Bösen.

Als er wieder einmal hochstarrte, stellte sich Marschke neben ihn und sagte: „Es geht voran, was?"

„Ja, ja, ist schon ganz schön was zu sehen", murmelte Robert.

„Jetzt könntest du eigentlich Urlaub machen", sagte Marschke fast beiläufig.

„Urlaub?" Robert blickte ihn ungläubig an.

„Ja, Urlaub", sagte Marschke, „ich nehme an, du kannst ihn gebrauchen. Und jetzt geht's auch."

„Natürlich, klar, Hermann."

„Ab übermorgen", meinte Marschke, „du weißt doch, wo sie wohnt?" Er sah zu den Sandsteinfiguren hinauf, hatte die Augen leicht zusammengekniffen, und sein faltiges Gesicht blieb unbewegt.

„Ja, wo sie wohnt, weiß ich", sagte Robert. Er dachte an das Haus aus roten Backsteinen, das ihm Anke so genau beschrieben hatte. Das liegt an der Straße, die von Berlin aus in die alte Stadt hineinführt. An der Stelle muß das Haus liegen, wo sich zum erstenmal der Blick weitet auf den Bodden. Und neben dem Hauseingang sollen die schönsten Rosen blühen.

„Na also", meinte Marschke, „dann ab übermorgen." Er wandte sich zum Gehen.

Robert empfand plötzlich unbändige Freude. „Hermann, he, Hermann!"

Marschke wandte sich um: „Na? Was ist?"

„Ja, Hermann ... ja ... Also dann übermorgen. Abgemacht."

„Natürlich abgemacht", sagte Marschke und lächelte.

Robert würde zu Anke fahren. Warum war er nicht früher auf diesen Gedanken gekommen? Er wird sie suchen, mit ihr sprechen, und er wird Gewißheit erhalten, ob sie zusammenbleiben. Robert war wie verwandelt, er arbeitete mit Freude und blieb wie früher keine Antwort schuldig.

Am Abend im Operncafé spendierte er zwei Flaschen Sekt.

Er stieß mit Max Bertel an und sagte: „Du schlauer Hund, du ..."

Dieter Schmidt blieb recht still, beobachtete Robert und meinte einmal: „Hast recht, alter Schwede. Immer ran. Die Zaghaften kommen zu nichts. Die schmachten sich zu Tode, und das Leben verrinnt. Willst du mein Motorrad haben zur Fahrt?"

„Du willst mir deine Maschine geben?"

„Aber sicher. Damit du schneller dort bist, du Blödmann. Fahr sie aber nicht in Klump wie deine."

„Passiert mir nicht mehr, war mir eine Lehre fürs Leben."

Robert kam sehr fröhlich weit nach Mitternacht zu Hause an. Er weckte sogar die Mutter, setzte sich an ihr Bett, was schon lange nicht vorgekommen war, und berichtete ihr von seinem Entschluß.

„Sie wird sich freuen", sagte er, „vielleicht hat sie schon gewartet. Kann doch sein, nicht wahr? Und ich hocke hier und blase Trübsal. So ein Unsinn."

Er erzählte noch, daß ihn erst Hermann Marschke darauf stoßen mußte, ausgerechnet Hermann. Aber Hermann sei eben ein Pfundsmensch, ein wahrer Charakter, ein Mann, für den man sich gut und gerne in Stücke hauen lassen würde, wenn es darauf ankäme. Die Mutter hörte geduldig zu, strich Robert das wirre Haar aus der Stirn.

„Versprich mir, Robert, daß du vorsichtig fährst."

„So was wie damals passiert mir nicht mehr", sagte Robert überzeugt, „ich hab ja schließlich was vor. Wie kann ich da einen Krankenhausaufenthalt riskieren?"

In seiner Kammer pfiff Robert, ungeachtet der Nachtstunde, Schlager. Warum schlafen? Das Leben machte wieder Spaß. Er blickte zum Fenster hinaus, suchte die Sterne. Doch ausgerechnet in dieser Nacht war der Himmel mit Wolken bedeckt.

Dieter Schmidt übergab Robert sein Kleinod, eine 250er MZ, an der jede Schraube glänzte. Der Motor lief ruhig und gleichmäßig, man spürte die Kraft, die in ihm steckte, wenn man Erfahrung mit Motoren besaß.

„Du mußt die Maschine mal ordentlich jagen, Robert. Sie braucht das", riet Dieter Schmidt, „steuere aber in den Kurven vorsichtig. Komm gesund wieder, alter Junge, in jeder Hinsicht, meine ich. Toi, toi, toi . . ."

Robert gewöhnte sich rasch an die Maschine, und sicher hätte er, wäre er nur zum Vergnügen unterwegs gewesen, den größten Spaß an der technischen Seite der Fahrt gehabt, hätte den Motor ausprobiert, den Genuß der Geschwindigkeit auf der guten Straße ausgekostet, doch heute beherrschte ihn nur der Gedanke an das Wiedersehen in wenigen Stunden. Der frühe Morgen war kühl, die Wiesen glänzten vor Tau, die Wälder rochen nach vermoderndem Laub und Pilzen, Rauch aus Dorfschornsteinen kribbelte würzig in der Nase. Holzfeuerrauch.

Robert entdeckte die eigenartige, herbe Landschaft zwischen seiner Stadt und der Küste und bedauerte, daß er diese Entdeckung nicht früher gemacht hatte. Er nahm sich vor, wenn er das Geld gespart hätte, ein neues Motorrad zu kaufen. Mit dem ersten, einer Jawa, hatte er einen Unfall verursacht, bei dem er zwar einigermaßen heil davongekommen war. Die Jawa hatte man aber nur noch als Schrott verwenden können. Das war schon eine Weile her, eine Jugendsünde sozusagen.

Gleichmäßig zog die Maschine über das Asphaltband der Straße. Als Robert zu seiner Linken, er fuhr in einer hügligen Landschaft, einen langgestreckten See sah, dampfend im Morgendunst, hielt er an. Es war Zeit, eine Pause einzulegen. Er durfte nichts riskieren, mußte vernünftig fahren. Das hatte er versprochen. Er kletterte auf einen Hügel, von dem aus er den kilometerlangen See überblicken konnte. Er setzte sich auf einen rundgeschliffenen Felsblock, erinnerte sich, daß er in der Schule über Eiszeit, Urstromtal und ähnliches gehört hatte. Das hatte ihn damals nicht sonderlich interessiert. Heute empfand er Bedauern darüber. Die Eintragungen in seinen Zeugnisheften fielen ihm ein, die sich in den letzten Schuljahren sehr ähnelten.

– Robert ist ein recht guter Schüler. Leider oft unkonzentriert. Dadurch erreicht er nicht die Leistungen, zu denen er fähig wäre. Seine Interessen sind flüchtig. Es ist schwer zu erkennen, auf welchem Gebiet seine besonderen Neigungen liegen. In der Berufswahl wird es Schwierigkeiten geben.

Es hatte keine Schwierigkeiten gegeben, da Robert sich

wenig Gedanken über die Berufswahl machte. Die Mutter hatte sich darum gekümmert, und Marschke, den man seit Jahren kannte, hatte mit seinem Rat den Ausschlag gegeben.

Mutter beurteilte alles sehr nachsichtig und milde. Was hatte sie auch an Robert auszusetzen? Er randalierte nicht, sein Kofferradio schaltete er niemals übermäßig laut, er las gern, sammelte Briefmarken, ging hin und wieder zu Vorträgen, legte Wert auf ordentliche Kleidung, hatte nette Freunde, spielte eine Zeitlang mit Hingabe Fußball, später übte er sich im Judo, und noch später war das Motorrad dran.

Das Motorrad allein hatte Frau Weißgerber Sorge bereitet. Aber dieser Unfall war das einzige, was bei Robert aus dem Rahmen fiel.

An der Arbeit hatte Robert nicht viel auszusetzen. Er fühlte sich in Marschkes Truppe wohl. An die Zukunft dachte er nicht allzu konkret. Qualifizierung wurde ja groß geschrieben und war eine Notwendigkeit, auch für ihn. Aber das ließ sich langsam an, so allmählich.

Wie sind denn die Jahre bloß dahingegangen?

Zweimal im Jahr ins Theater, wenn's hochkam, und dann durchaus nicht aus freien Stücken, sondern nach Marschkes beharrlich verfolgtem Kulturplan. Mancher Abend verging am Biertisch. Das stimmte. Aber übermäßig oft war das nicht. Und sehr viel getrunken hatte man eigentlich auch nicht. Skat hielt sich ebenfalls in Grenzen.

Wie sind die Jahre bloß herumgegangen?

Tanzen und so? Ja, aber wiederum auch nicht so oft, daß es übermäßig viel Zeit in Anspruch genommen hatte. Und die Mädchen? Man kannte sie, und man ging eben eine Zeitlang mit ihnen.

Bertel, ja, bei Bertel hatte es anscheinend solche Jahre nie gegeben, der wußte genau, was er ansteuern mußte. Dem Bertel war man leider etwas spät begegnet. Man wäre vielleicht besser auf Anke vorbereitet gewesen.

Roberts Hochstimmung war dahin. Die Zweifel meldeten sich wieder. Er dachte: Warum fährst du überhaupt zu Anke? Wenn sie dich nun abweist? Ist das nicht noch schlimmer als der Brief?

Er holte den oft gelesenen, zerknitterten Brief hervor. Er kannte ihn fast Wort für Wort.

Warum jagst du einer Einbildung nach? Du denkst, sie könnte noch etwas übrig haben für dich. Und wenn es doch nur so eine Sommerbekanntschaft war? Bei dir sieht es zwar anders aus. Zu einer Liebe aber gehören zwei. Es ist besser, du drehst hier die Maschine um und fährst zurück.

Ja, wenn du Bertel wärst – oder auf dem Wege, einer zu werden. Dann könntest du was aufweisen. Ist ja sonnenklar. Sie hat feste Vorstellungen. Vielleicht hat sie dich nett gefunden. Nett bist du ja hin und wieder und auch nicht auf den Kopf gefallen. Das bedeutet bloß nicht allzuviel, wenn man mit dem Kopf nichts anfängt. Du fährst also zurück. Wirst dich mit Marschke aussprechen und mit Bertel auch, so eine richtige Generalinventur im Innern vornehmen, ohne Rücksicht, ohne dir was vorzumachen. Und mit der Zeit wirst du das Mädchen vergessen können.

Die Sonne kletterte höher, der Dunst über dem Wasser verstärkte sich, die Wälder am gegenüberliegenden Ufer verschwanden fast. Am Himmel schoben sich von Westen langsam weiße Wolkengebirge näher, die Spitzen leuchteten schneeweiß auf, wenn die Sonnenstrahlen sie trafen. Es war ein seltsamer Anblick. Robert vergaß seine Grübelei. Er dachte, daß er Anke von dem See und den Wolken erzählen müßte, er erinnerte sich an ihre Freude, als sie den Sonnenuntergang in der Stadt erlebte. Damals hatte er sich darüber gewundert.

Das schwere Brummen eines Lastzuges auf der Landstraße unterbrach die Stille dieses Morgens. Robert stand auf, dehnte und reckte sich und lief hinunter zur Straße. Er startete die Maschine und fuhr weiter nach Norden.

Bald änderte sich der Charakter der Landschaft, die dichten Wälder traten zurück, Weideflächen und Felder dehnten sich bis zum Horizont. Auch der Himmel war anders geworden, ein weiter Himmel, in dem die Wolken viel Raum einnahmen.

Robert dachte, nun kann es nicht mehr weit sein. Die Straßenschilder hatten es ihm schon in Kilometern ausgewiesen, doch jetzt fühlte er die Nähe der See. Am frühen Vormittag erreichte er die Stadt. Er schaltete auf den zweiten Gang und fuhr dicht am Straßenrand. Die Worte Ankes hatte er im Ohr: Es kommt eine Stelle, wo plötzlich das Wasser zu sehen ist. Aber das ist nicht das Meer. Noch nicht ... Gespannt musterte Robert die Häuser und Zäune, und da öffnete sich der Blick zum Bodden. Robert hielt die Maschine an. Hier war es. Das Wasser des Boddens war graublau. In der Ferne sah man die Türme der Stadt, die Brücke, die zur Insel hinüberführte, Schiffsmasten und Kräne, die Werft, den Hafen. Auf dem Bodden Schiffe, winzig klein wie Spielzeug. Bei diesem Anblick aber hielt er sich nicht lange auf, er suchte das Häuschen mit dem Roseneingang. An der Straße standen die niedrigen, aus roten Backsteinen gebauten Häuser aufgereiht. Und jedes hatte den Eingang zur Straße hin, und jede Tür war von Rosenstöcken eingerahmt. Doch dann entdeckte er besonders prächtige Rosenstöcke, dicht und gut geschnitten. Die Rosen waren schon verblüht. Er ließ die Maschine stehen, lief hinüber und las den Namen Czerwenka.

Robert stand vor dem kleinen rotgestrichenen Gattertürchen und betrachtete das Haus. Hier gab es keinen Hinterhof, der Blick wurde durch nichts eingeengt. Auch von hier aus konnte man den Bodden sehen. Der Wind wehte Seewassergeruch herüber, würzig und herb.

Die Fenster an der Straßenfront waren geschlossen. Robert drückte auf den Klingelknopf, erst zaghaft, dann noch einmal kräftig. Im Haus rührte sich nichts. Er klingelte noch einmal. Nichts. Er spürte auf einmal Müdigkeit, blieb eine Weile stehen in der Hoffnung, es könnte sich doch noch ein Fenster öffnen oder die Tür. Eine ältere Frau im Garten des Nachbarhäuschens war aufmerksam geworden. Sie sagte Robert, daß er erst am Nachmittag bei Czerwenkas jemand antreffen könne, der Mann sei auf der Werft, die Frau in der Schule, die Kinder nicht zu Hause.

„Ich suche Fräulein Anke Czerwenka“, sagte Robert.

„Die Anke“, sagte die Frau, „die hat Sie wohl nicht erwartet?“

„Ich bin früher gekommen, es sollte eine Überraschung werden.“

Er erfuhr, daß Anke bei ihren Großeltern sei auf der kleinen Insel drüben. Er bat die Frau, ihm den Weg zu beschreiben. Sie tat das ausführlich.

Robert sagte: „Darf ich mal in Ihren Garten hinter dem Haus? Von dort muß man doch einen großartigen Ausblick haben."

Die Frau wunderte sich, führte ihn aber hinter ihr Haus, und Robert hatte recht gehabt. Er sah den weiten Bodden, die grünen Ufer der Insel drüben und die alte Stadt mit der Werft und dem Hafen.

„Ist doch schön", sagte die Frau, „wenn ich das nicht mehr sehen könnte, ich glaube, ich würde vor Kummer krank werden."

„In welchem Zimmer wohnt Anke?" fragte Robert.

Die Frau wies auf ein Mansardenfenster im Nachbarhaus.

Sie hat also ein Zimmer mit schrägen Wänden. Aber diesen Ausblick hat sie tagein, tagaus. Sie mußte ja aus unserer Stadt flüchten, meine Kammer muß ihr finster und trostlos vorgekommen sein.

Er bedankte sich bei der Frau, die ihm noch ans Herz legte, sich die Stadt anzusehen, eine alte Hansestadt mit gro-

ßer und bewegter Vergangenheit. „Sie haben bestimmt einen Sinn dafür. Wie Sie hier gestanden haben, das macht nicht jeder in Ihrem Alter."

Aber Robert fuhr nicht in die Stadt hinein. Er wollte zu Anke, die auf der Insel von ihrem Großvater bewacht wurde, und er kam sich vor wie ein Freier in einer der alten Sagen. Der Alte wird mich einer Prüfung unterziehen. Und wenn ich sie nicht bestehe, kehre ich geschlagen von der Insel zurück. Robert lächelte. Ich geb mich nicht so leicht geschlagen.

Er fuhr über die Brücke und den Damm. Er hatte aber keinen Blick mehr für Landschaft und Wasser, sondern nur noch für Straßenschilder und Wegweiser. Er war der alten Frau dankbar für ihre genaue Beschreibung.

Er fand das Dorf mit dem Bootshafen am Bodden und sah in der grellen Mittagssonne drüben auf der kleinen Insel die weißen Häuser. Das Postboot fuhr bald. Er hatte Schmidts Kleinod unter ein Teerdach geschoben und dem Vermieter zehn Mark im voraus in die Hand gedrückt.

Es lief jetzt wie am Schnürchen, als hätten die Mächte, die dem Robert Weißgerber bisher nicht sehr freundlich gesonnen waren, es sich plötzlich anders überlegt.

Das Motorboot tuckerte, begleitet von Möwen, auf die Insel zu. Robert saß am Bug und ließ keinen Blick von dem flachen Stückchen Land, das sich im Norden zu einer bewaldeten Anhöhe aufschwang mit einem weithin sichtbaren Leuchtturm. Das Boot beschrieb einen Bogen, folgte genau den schaukelnden Bojen, und die Fahrt dauerte doch länger, als der ungeduldige Robert angenommen hatte. Er warf nur einen flüchtigen Blick auf den Hafen, die Fischkutter mit den aufgespannten Netzen, Versorgungsschiffe und Segelboote. Kaum an Land, fragte er einen Fischer nach Gottfried Hiesgen.

Das Haus liege nicht weit vom Bollwerk, es sei nicht zu übersehen, das Schilfdach neu gedeckt und der Garten davor voller Sonnenblumen.

Robert fand den Garten mit den Blumen, die in verschwenderischer Fülle gelb leuchteten. Er schaute an sich herunter, wischte den Staub von der Lederhose, warf die Lederjacke über die Schulter, eine recht seltsame Tracht hier auf der Insel, auf der es nur wenigen gestattet ist, ein Motorfahrzeug zu halten.

Im trockenen Gras des Hofes pickten Hühner, eine Katze lag in der Sonne, und auf einem Gerüst war ein Mann beim Mauern. Dieser Alte konnte nur der Großvater Gottfried Hiesgen sein. Er hatte eine weiße Schiffermütze auf dem Kopf und trotz der Wärme eine dunkle Weste an. Robert dachte an den hitzeunempfindlichen Hermann Marschke, obwohl, was Statur und Aussehen betraf, es keinen Vergleich zwischen den beiden geben konnte. Robert trat näher, der Alte arbeitete bedächtig und hatte ihn, wie Robert annahm, noch nicht bemerkt. Die Mauer war der Anfang eines Anbaues und – Robert erinnerte sich an das, was Anke über die Großeltern erzählt hatte – sollte bestimmt eine neue Stube für Feriengäste werden.

„Guten Tag!“ sagte Robert.

Der Mann auf dem Gerüst drehte sich langsam um. Sein Gesicht war rotbraun, die scharfen Falten verschwanden fast unter weißen Bartstoppeln, Hals und Brust stachen blaß von dem dunklen Gesicht ab. Das auffallendste aber waren die hellen Augen unter den buschigen weißen Brauen. Er sah aus, wie man in einem Bilderbuch gewöhnlich alte Seebären malt. Aber die Augen hatten es in sich, sie waren scharf und musterten Robert genau.

„Guten Tag!“ sagte der Alte.

„Bin ich hier richtig bei Hiesgen?“ fragte Robert.

„Bist du, wenn du Gottfried Hiesgen suchst.“

„Ja, genau“, sagte Robert.

„Na also“, meinte der Alte und säuberte seine Maurerkelle.

„Ich möchte zu Anke“, sagte Robert.

Der Alte beugte sich vor. „Und wer bist du?“

„Robert. Aus Berlin, Robert Weißgerber.“

„Der bist du also.“ Der Mann schwieg eine Weile, dann sagte er: „Ja, die Anke. Am Strand ist sie.“

„Finde ich sie da?“

„Lohnt sich nicht“, meinte Gottfried Hiesgen, „es ist bald Mittag. Sie kommt dann. Wie das eben so ist in einer vernünftigen Familie, junger Mann.“

„Darf ich hier warten?“

„Auf dem Hof ist Platz genug“, sagte der Alte und wandte sich wieder seiner halbfertigen Mauer zu.

Da sagte Robert: „Ich kann auch mauern.“

„Dann komm rauf“, sagte der Alte, ohne sich umzuwenden, „eine Kelle liegt im Schuppen. Gleich neben der Tür.“

In dem Schuppen roch es nach Fisch, nach Netzen und nach Schafmist. Robert stolperte über lange Gummistiefel und stieß an einen breitkrempigen Gummihut. Seefahrergeschichten fielen ihm ein. Der Südwester hier aber war mit Spinnweben bedeckt. Und als Robert auf das Gerüst kletterte, kam ihm Gottfried Hiesgen gar nicht mehr so gefährlich vor. Robert hatte in seiner Lehrzeit gemauert, Brunnenschächte, Kabelgräben und im vergangenen Jahr dem Glomm die große Laube. Die Arbeit ging ihm leicht von der Hand. Der Alte aber hatte seinen Ehrgeiz, er wollte mithalten. Als jedoch die Mauer auf Roberts Seite rasch wuchs, stieg er vom Gerüst und sagte: „Nimm mal meine Seite auch mit, bist eben noch ein junger Kerl.“

Er verschwand in der niedrigen Tür des Wohnhauses. Robert hörte von dort Stimmen, und eine Weile später kamen der Alte und eine Frau aus dem Haus. Sie war mindestens zwei Kopf kleiner als er, dafür im Umfang aber recht beachtlich. „Die Oma von Anke", sagte der Alte.

„Guten Tag, junger Mann. Ich höre, Sie brauchen ein Bier. Es soll Ihnen schmecken."

Robert hockte sich nieder, nahm die Flasche und sah dabei in das Gesicht der alten Frau. Darin waren die kleinen, flinken Augen in Fettpölsterchen eingebettet. Keine Spur einer Ähnlichkeit mit Anke.

„Danke", sagte Robert und trank.

Der Alte hatte die Hände in die Taschen geschoben und sagte: „Bis zum Mittagessen ist die Mauer hoch. Hab ich recht?"

„Klar", sagte Robert, „das wird schon sein."

Als er sich aufrichtete, sah er Anke. Sie kam über die Wiese auf das Haus zu. Sie lief langsam, hielt den Kopf gesenkt und schlenkerte eine Basttasche. Sein Herz begann ziemlich heftig zu klopfen, es war ihm jetzt nicht nur heiß, weil die Sonne herabbrannte und er gearbeitet hatte. Er bückte sich hinter die Mauer und sortierte Steine. Der Alte hatte sich auf einen Holzstapel gesetzt und rauchte eine Pfeife, die Großmutter war im Haus verschwunden.

Nun war es soweit. Anke würde gleich den Hof betreten. Was wird sie bloß sagen?

Aber sie kam noch nicht, und allzulange konnte Robert auch nicht in gebückter Haltung die paar Steine zurechtlegen. Vorsichtig spähte er zur Wiese hinüber. Anke zog einen Pflock aus der Erde, an den ein geschorenes Schaf gebunden war, das in seiner Nacktheit mitleiderregend aussah. Sie zog das Schaf ein Stück über die Wiese, schlug den Pflock mit einem Holzhammer wieder ein und kraulte dann das Tier hinter den Ohren. Ihre Bewegungen waren ruhig und geübt. Robert verbarg sich nicht mehr, als Anke auf das Haus zukam. Er probierte seinen Pfiff. Er bemerkte mit Freude, daß sie stehenblieb und sich umsah. Aber sie entdeckte ihn nicht oder dachte nicht im entferntesten daran, daß auf dem Gerüst am Haus jemand anders als ihr Großvater stehen könnte. Zögernd ging sie weiter.

Der Alte sah zu Robert hoch.

„Was ist?" fragte er.

„Sie wird gleich hier sein", sagte Robert.

„Die Anke?"

„Ja."

„Nun, da werde ich mal reingehen", sagte Gottfried Hiesgen, erhob sich und verschwand im Haus. Robert dachte: Ist das ein gutes Zeichen für mich?

Dann stand Anke im Hof und blickte zu ihm hoch. „Robert", sagte sie fast atemlos vor Überraschung, „du hast also gepfiffen, Robert."

„Ja, ich hab gepfiffen."

„Aber was machst du denn da oben, Robert, sag mal ..."

„Ich hab mir die Zeit verkürzt. Aber jetzt spring ich runter und dir genau vor die Füße. Achtung!"

Als er vor ihr stand, konnte sie in seinem Blick alles lesen, seine Zweifel, seine Freude, den Kummer und das, was er für sie empfand. Auch sie konnte in diesen Sekunden nichts verbergen, und Robert dachte: Was zum Teufel soll uns hindern, daß wir zusammenkommen? Du willst es doch auch. Deine Augen können nicht lügen. Du kannst dich nicht mehr hinter Spott und Kühle verstecken, hinter einem gut geschriebenen Brief.

„Wie hast du mich bloß gefunden, Robert?"

„Marschke gab mir den Rat: Fahr zu ihr. Es war ein guter Rat, der beste, den er mir geben konnte. Dann hab ich eben das Haus gesucht, das du mir so genau beschrieben hast. Der Schmidt hat mir seine Maschine geborgt. Er war auch der Meinung, daß ich hierher fahren müßte. Die Maschine ist äußerst zuverlässig, sie hatte keine Panne, nicht den kleinsten Fehler, sie brachte mich zu dem Haus. Dort traf ich eine gute Frau. Fast wie im Märchen. Durch sie hab ich hierher gefunden. So war das. Ganz einfach."

Anke hatte irgend etwas an ihrer Basttasche zu knöpfen oder in Ordnung zu bringen. Als sie aufsah, war ihr Gesicht ruhig.

„Da kann ich dir unsere Insel zeigen, Robert."

„Ich hab dir was mitgebracht", sagte er, holte seinen Campingbeutel und kramte einen dickleibigen Bildband über Berlin hervor. „Damit du nachholen kannst, was du durch mich versäumt hast. Ich war ja ein glatter Versager als Fremdenführer."

Anke blätterte in dem Buch, fand das Foto der Universität und wies auf den Alexander: „Hier hat es angefangen."

„Ja, das war schon ein Tag für mich", sagte Robert, „ich hab so einen vorher noch nie erlebt."

Die Katze rekelte sich in der Sonne, die Hühner pickten eifrig – aus der Küche roch es nach gebratenem Fleisch, und die Mauer hatte noch nicht die vorgeschriebene Höhe erreicht. Robert meinte, daß er Gottfried Hiesgen versprochen hätte, die Mauer hochzuziehen. Er kletterte auf das Gerüst. Anke sagte, sie könne ja helfen, denn wie sie sehe, würde er mit Kalk und Steinen nicht ganz auskommen. Sie half mit Geschick, und Robert merkte, daß sie mit diesen Arbeiten vertraut war.

Später kam der alte Hiesgen auf den Hof, tat überrascht und sparte nicht mit Lob, und es war so, als wäre Robert nicht erst seit einer Stunde hier, sondern ein guter Bekannter. Gottfried Hiesgen setzte sich wieder auf den Holzstapel, und Robert, der gelegentlich hinüberblickte, glaubte, daß er bei dem Alten die berühmte Probe bestanden hätte. Er glaubte auch, daß nun mit Anke alles gut gehen würde. In seiner Annahme wurde er bestärkt durch ihre zärtliche, behutsame Freundlichkeit und das Angebot des Alten während des Essens, ein paar Tage auf der Insel zu bleiben, es würde sich schon ein Platz bei Erich, seinem Sohn, finden, der nur drei Häuser weiter wohne, gleich neben dem Bollwerk.

„Bei Erich?" fragte Großmutter Hiesgen mißtrauisch, „hat der denn noch Platz?"

„Mir zuliebe, Martha, hat der Junge noch Platz", erwiderte Gottfried Hiesgen schmunzelnd.

Und es fand sich Platz. Erich Hiesgen, der im Gesicht seinem Vater glich, in der Statur aber nach seiner Mutter kam, was ihm ein sehr solides und robustes Aussehen verlieh, hatte in einer Kammer unter dem Dach noch ein Bett aufgestellt, und Robert räumte seine wenigen Sachen dort ein.

Anke hatte sich in der ganzen Zeit recht schweigsam verhalten, doch der glückliche Robert schrieb das seinem überraschenden Aufkreuzen auf der Insel zu.

Als sie dann auf dem Weg zwischen den Fischerhäusern standen, sagte Anke: „Ich habe Lust rauszusegeln. Bist du einverstanden?"

„Ich bin mit allem einverstanden", sagte Robert.
„Mit allem?"
„Ja, mit allem." Robert überhörte den besonderen Ton, der in dieser Frage mitschwang.
„Wir werden uns aussprechen müssen, Robert. Es bleibt nun nichts anderes mehr übrig." Sie sah ihn nicht an. Robert griff nach ihrem Arm, aber sie wich aus. Was war geschehen? An ihnen vorüber spazierten Urlauber, Kinder lachten, die Sonne strahlte hier stärker als anderswo, es roch nach Sonnenöl und gesalzenen Fischen, nach Teer und nach Heu und nach Rauch.
Robert fiel aus einer schwindelnden Höhe herab. Was war denn nur geschehen?
Er drängte, sie solle ihm sagen, was sie mit dem Aussprechen meine. Anke aber sagte verzagt: „Laß uns raussegeln, Robert. Wir haben dort Ruhe und Zeit."

7

Vom Haus Gottfried Hiesgens führte ein Weg zum Bodden hinunter. Ein schmaler Steg ragte ins Wasser, und an dessen Ende schaukelte Ankes Segelboot. Der Großvater hatte es ihr hergerichtet. Es war kein Renner oder Regattakreuzer, das Boot segelte aber, wie Anke behauptete, zuverlässig und bei jedem Wetter. Anke wies Robert den Platz am Bug an, dort würde ihn kein Segelmanöver belästigen. Robert verstand nichts vom Segeln, er befolgte ihre Anweisungen, beobachtete, wie sie geschickt das Boot abstieß, wie sie aus dem Gewirr der Leinen das Segel entfaltete und wie es ihr erstaunlicherweise sofort gelang, Fahrt zu gewinnen, obwohl kein besonders starker Wind wehte. Anke hatte vollauf zu tun, sie bewegte sich flink und gewandt in dem schmalen Boot, und manchmal lächelte sie Robert zu. Der grübelte über ihre seltsamen Worte nach.
Warum mußte sie ihm diesen Brocken hinwerfen, da auf der Straße, und jetzt mit ihm hier auf dem Bodden kreuzen.
Robert beobachtete sie. Hier auf dem Wasser war sie zu

Hause. Von hier aus waren ihre Ruhe und Beherrschtheit zu erklären. Das Segeln machte ihr Freude. Er sah es an ihrem gelösten glücklichen Gesicht. Wie konnte sie aber vergessen, daß er von Zweifeln gepeinigt wurde und tausend Ängste ausstand? Er war doch hier. Er war doch gekommen, ja, aber unaufgefordert, schon verabschiedet, nicht erwartet.

So quälte sich Robert, während das Wasser an den Bordwänden rauschte, der Mast über seinem Kopf hin und wieder knarrte und das Segel schlappte oder sich mit einem Knall spannte. Manchmal verschwand Anke eine Weile hinter dem Segeltuch, dann wartete Robert, daß er sie wieder zu Gesicht bekäme. Doch ab und zu blickte er auch zu der großen Insel hinüber mit der flachen Küste, dem Waldstreifen und dem nach Norden zu allmählich ansteigenden Ufer, das sich dann anhob zum nördlichen Kap. Aber das war weit und verschwamm im Sonnendunst. Greifbar nah erstreckte sich die kleine Insel, über dem Grün der Deichwiesen leuchteten die weißen, niedrigen Häuser.

Das Boot kreuzte die Fahrrinne hinter einem Fahrgastschiff und begann auf den Wellen zu schaukeln. Anke manövrierte sicher, und der Wellentanz bereitete ihr Vergnügen. Robert trafen Wasserspritzer ins Gesicht, die brannten auf der Haut, wenn sie durch Wind und Sonne trockneten. Sie hatten das Gebiet erreicht, wo sich das Boddenwasser mit dem der offenen See vermischt. In beträchtlicher Entfernung schaukelten die Bojen der Fahrrinne. Anke ließ das Boot treiben. Die Segel füllten sich nicht mehr mit Wind, das Boot richtete sich aus seiner Schräglage auf.

Nun war Anke durch kein Segeltuch mehr verdeckt, sie saß im Heck und schaute zu Robert hinüber.

„Du willst wissen, warum ich weggefahren bin?"

„Ja", sagte Robert, „ich hab das nicht verstanden."

„Den Brief hast du aber bekommen?"

„Den hab ich bekommen. Am Sonnabend."

„Hat er dir nicht genügt?"

„Nein. Dort stand nicht drin, warum du plötzlich abgefahren bist."

„Doch, es stand drin, Robert, wenn auch nicht so direkt."

„Ich habe trotzdem nichts begriffen."

Anke sagte nach kurzem Schweigen: „In einigen Tagen bin ich nicht mehr hier."

„Und was ist dann?"

„Ich werde ziemlich lange nicht mehr hier sein, Robert. Ich studiere in Moskau."

Anke beugte sich über die Bordwand und schöpfte Wasser mit der hohlen Hand.

Robert sagte erschrocken: „Warum denn in Moskau?"

„Ich will Slawistik studieren und später mal Hochschullehrerin werden. Das Studium ist dort am günstigsten. Sprache und Literatur original."

Roberts Gedanken kreisten um das Wort Moskau. Mühsam versuchte er sich darüber klar zu werden, was er da eben gehört hatte.

„Deshalb bin ich so Hals über Kopf abgefahren", sagte Anke.

Er starrte sie an und dachte: Es kann doch nicht möglich sein, daß sie einfach wegfährt, daß sie jahrelang fort ist, daß sie so weit fort ist.

„Ich hätte nicht auf den Betonstapel klettern sollen, da an eurer Kommode", sagte Anke.

„Dann hätte ich dir auch nicht nachlaufen sollen bis zum Alexander, wie?" brachte Robert endlich heraus.

„Wäre vielleicht besser gewesen."

„Was wäre denn dann besser gewesen?"

Anke gab das Segel frei, sie waren zu weit abgetrieben, und das Boot nahm wieder leichte Fahrt auf.

Robert setzte sich so, daß Anke sich nicht hinter dem Segeltuch verbergen konnte. Er fühlte sich elend. Zorn stieg in ihm auf. „Warum hast du mir nicht gleich gesagt, daß du wegfährst", sagte er heftig.

„Das wollte ich ja auch", sagte Anke, „dann war es zu spät."

Robert schämte sich. „Ich rede einen Blödsinn zusammen. Wir kannten uns ja noch nicht lange. Schließlich bin ich dir nachgelaufen. Ich hab mit der ganzen Sache angefangen. Und ich muß dir ja eigentlich gratulieren. Ein Studium im Ausland. Das ist doch was."

„Nun bist du aber hergekommen, Robert."

„Ich fahr morgen wieder ab."

Wieder trieb das Boot in der schwachen Dünung. Es war still hier auf dem Wasser unter dem durchsichtigen Himmel und der klaren Sonne.

„Was soll man machen, Robert?" Anke sah ihn hilflos an.

„Schick mir ein paar Ansichtskarten", sagte er.

Anke arbeitete am Segel, das Boot machte rasche Fahrt, der Bug zeigte auf den Hafen.

„Ich hab's nicht so gemeint", sagte Robert, „entschuldige. Ich bin ganz schön fertig."

„Ich versteh dich schon", sagte Anke, „du mußt mich aber auch verstehen."

„Du glaubst, mit uns wird es nichts unter solchen Bedingungen?"

„Vier Jahre. Mancher steckt den Ring schon ins Portemonnaie, wenn er nur ein paar Monate bei der Armee ist. Was hat das alles für einen Sinn."

„Es gibt solche und andere", sagte Robert. Mit seiner Antwort war er aber nicht zufrieden. So sagte er: „Wenn man aber die Zeit durchhält? Ist doch möglich."

Anke sagte: „Kann man denn durchhalten, wenn man sich noch gar nicht richtig kennt?"

Sie schwiegen, bis sie am Bootssteg angelegt hatten.

Robert trug das Segel in den Schuppen.

Sie gingen an den Strand. Robert schwamm, tauchte und schwamm, tobte im Wasser bis zur Erschöpfung. Anke saß im Sand, hatte die Knie angezogen und blickte auf die weite Wasserfläche.

Am Abend, nachdem Anke in ihrer Kammer verschwunden war, ging Robert mit Erich Hiesgen in die Gaststätte. Erich hatte ihn dazu aufgefordert. Robert wollte trinken, um müde zu werden. Er erfuhr an diesem Abend alles über Reusen und Fischschwärme, gute und schlechte Fangzeiten und bekam die Einladung, morgen mal mit rauszufahren zu den Reusen, das wäre doch für einen Städter interessant.

Dann mußte Robert erzählen. Erich Hiesgen war ein guter Zuhörer, der alles sehr genau wissen wollte, und Robert geriet in Fahrt, erzählte vom Alex und seinen Leuten, von Marschke, Schmidt und den anderen. Sie saßen, bis die Gaststätte schloß, und hatten nicht gerade wenig getrunken.

Robert wollte singen. Doch Erich hielt ihm den Mund zu,

schob ihn die steile Treppe hinauf in die Kammer unter dem Dach. „Junge“, sagte er, „mit der Anke, tja mit der Anke ... nimm dir das nicht zu sehr zu Herzen. Ist eben so. Hatte mich mal verliebt, als ich jung war, oben in Friesland ... na ja ... Gute Nacht.“

8

Robert erwachte am frühen Morgen mit schwerem Kopf und dachte: Heute muß ich abfahren. Er sah zum Fenster hinaus, genau auf einen frischgeteerten Netzeschuppen, vor dessen halboffener Tür er Gottfried Hiesgen erkannte, der dort eine Zigarre rauchte. Robert wunderte sich darüber, dann fiel ihm der vergangene Tag wieder in allen Einzelheiten ein, besonders das Gespräch mit Anke auf dem Segelboot. Robert packte seine wenigen Sachen, ließ sie aber noch in der Kammer. An der Pumpe auf dem Hof steckte er seinen Kopf in den Bottich mit kaltem Wasser, und es wurde ihm etwas wohler. Dieser frühe Morgen war schön, die Sonne stand schon blank über dem Bodden, die Luft war angenehm frisch.

Auf dem Hof sprach er mit Erich Hiesgens Frau, die ihre Hühner und den Garten versorgte. Erich wiederholte seine Einladung vom gestrigen Abend, mit rauszufahren zu den Reusen. Robert hatte das fast vergessen, jetzt aber griff er nach dieser Möglichkeit, noch etwas länger auf der Insel bleiben zu können, wie ein Ertrinkender nach dem Strohhalm. Er würde mitfahren, natürlich, er freue sich schon darauf. Er wunderte sich jedoch insgeheim über die Hartnäckigkeit Erichs.

Er wollte Anke im Haus der Großeltern aufsuchen. Von weitem grüßte er den alten Hiesgen, der noch immer am Schuppen stand. Aber der rief ihn zu sich heran.

Der Alte sah sich vorsichtig um, spähte auch in das Halbdunkel des Schuppens hinein. Doch es war noch keiner der Fischer gekommen. Dann fragte er: „Nun, Junge, geht sie nach Moskau?“

Die Frage überraschte Robert.

„Ja, sie geht nach Moskau. Ja, natürlich."

Der Alte wandte sich ab, zog heftig an seiner Zigarre. „Ich hätte dir mehr zugetraut. Warum bist du dann überhaupt gekommen?"

„Was wollen Sie denn, was sie soll?" fragte Robert.

„Was sie soll, was sie soll!" murrte der Alte. „Wer weiß denn, ob das gut ist? Daß sie hier bei mir ist, das ist gut. Das weiß ich genau."

Robert sagte: „Ich hab's gestern erst erfahren, daß sie vier Jahre nach Moskau geht. Mir macht das genug zu schaffen. Ich hab's noch gar nicht richtig begriffen."

Der Alte nahm seine Zigarre aus dem Mund. „Du hast es bis gestern nicht gewußt?"

„Ich hab es nicht gewußt."

Der alte Hiesgen wiegte den Kopf. „So ist das Mädel", sagte er, „das hat sie von mir oder von ihrer Mutter, die du ja nicht kennst. Die kommt nach mir. Von ihrem Vater gar nicht. Der trägt das Herz auf der Zunge. Aber die Anke, ja, die schlägt in meine Art. Verstehst du nicht, was?"

Der Alte schwieg eine Weile, und Robert wollte gehen. Da hielt ihn Gottfried Hiesgen zurück: „Und wenn du noch mal rangehst? Hast du denn alles versucht? Sie ist doch ein Weib."

„Was soll's", sagte Robert, „soll ich ihr die Chance vermasseln? Schließlich ist das auch eine Ehre, so ein Auslandsstudium."

Der Alte spuckte aus. „Ehre? Laß mich in Frieden damit. Und wenn sie dort in Moskau vor Heimweh zugrunde geht? Sie kennt sich doch selber nicht. Sie nimmt da was auf sich. Aber ich kenne sie ganz genau. Das Heimweh wird sie krank machen. Kann sie denn hier nicht auch studieren? Ist Rostock keine annehmbare Stadt? Und du, du steckst gleich auf. Und auf dich hab ich gehofft, als du hier ankamst. Sie hat mir von dir erzählt. Du warst der erste, über den sie so erzählt hat, daß man spürte, was los ist."

Der Alte drehte sich um und ging in den Schuppen hinein. Robert lief mit zwiespältigen Gefühlen zum Hiesgen-Haus. Von der Großmutter wurde er nach oben geschickt in Ankes Stube.

So wohnlich hatte sich Robert die Kammer nicht vorgestellt. Er verstand den Alten und begriff, daß es Anke schwerfallen mußte, für lange Zeit von hier fortzugehen. Die Möbel waren aus hellem Holz, zweckmäßig und schön. Dazu der Blick aus dem Fenster auf den Bodden.

„Du willst heute noch fahren?" fragte Anke.

„Ja", sagte Robert, „du willst es ja auch."

„Und wenn du bis morgen hierbleibst?"

„Ist das dein Ernst?"

„Morgen fahr ich auch. Du könntest mich mitnehmen."

Als Robert ihr erzählte, daß Erich ihn eingeladen habe, mit dem Kutter hinauszufahren, meinte Anke, damit sei er aufgenommen in den Freundeskreis, was hier viel zu bedeuten habe, und riet ihm, eine Flasche Korn oder Wodka zu kaufen für die Kutterbesatzung.

„Wann sind wir denn wieder zurück?" fragte Robert.

„Am frühen Nachmittag."

„Dann komme ich sofort zu dir."

„Vom Fenster hier kann ich sehen, wenn ihr anlegt."

„Später kann's nicht werden?" sagte Robert zweifelnd.

„Kaum. Da müßte der Kutter schon eine Havarie haben."

In der Fischerklause am Bollwerk, die sehr früh geöffnet hatte, kaufte Robert eine große Flasche Doppelkorn. Langsam ging er zum Netzeschuppen, sah Erich Hiesgen auf dem Kutter hantieren. Der Kutter war ein stabiles Fahrzeug mit geringem Tiefgang, für die Reusenfischerei gut geeignet. In der Fahrrinne näherten sich rundbäuchige Fischkutter, sie kamen vom nächtlichen Fang zurück. Robert blieb stehn, legte die Hand vor die Augen, die Sonne blendete schon, und betrachtete die heimkehrenden Schiffe. In diesem Augenblick überwand er gewissermaßen mit einem Ruck seine Verwirrung und Unentschlossenheit, so wie einmal in fernen Zeiten ein kühner Mann mit einem einzigen Hieb seines Schwertes einen Knoten zerschlug, der bis dahin für unauflösbar gegolten hatte. Robert war auf einmal klar geworden, daß vier oder sogar fünf Jahre schließlich auch vorübergehen, daß sie nichts anderes als ein Zeitraum sind, auf dem Kalender abzustreichen. Den letzten oder vorletzten Tag mit Anke würde er nicht verschenken. Er würde versuchen, die heitere, gelöste Stimmung der Berliner Tage heraufzubeschwören. Kein Wort von Moskau, kein Wort über den Zeitabschnitt, der vor ihnen lag.

Er lief zum Netzeschuppen, grüßte die Fischer, die ihn abwägend betrachteten, wahrscheinlich hatte sich die Trinkerei des vergangenen Abends herumgesprochen, und nahm Erich beiseite. „Ich fahr nicht mit raus, Erich“, sagte er, „hier die Flasche Korn. Trinkt sie aus. Auf einen guten Fang. Vielleicht komme ich später noch mal her. Und was dein Vater will, Erich, geht nicht. Man kann Anke nicht zurückhalten. Ich schon gar nicht. Es wäre auch falsch. Sag's ihm, wenn ich ihn nicht mehr sehen sollte. Er soll mir nicht böse sein. Wenn er nächstes Jahr was zu mauern hat, komme ich her. Wenn ihr mal nach Berlin kommt, du und deine Frau, ich beschaffe Unterkunft. Kommt mal, ja?“

Erich nahm die Flasche und besah sich das Etikett. „Für Vater ist's schwer, mußt du schon verstehen“, sagte er, „na, dann mach's gut.“

Als Robert in Ankes Zimmer trat, sah er den Kutter der Reusenfischer schon in der Fahrstraße schwimmen. Anke war nicht einmal verwundert darüber, daß Robert vor ihr stand und nicht auf den Planken des Kutters.

„Da gehört der Tag also uns“, sagte sie.

„Ja, so hab ich's mir gedacht.“

Sie stand auf und küßte ihn. Ehe Robert sie festhalten konnte, trat sie einen Schritt zurück.

„Wir laufen über die Insel, ja? Mein Abschied.“

Wieder das Wort Abschied. Das war nicht zu vermeiden. Anke nahm ja dreimal Abschied. Von hier, den Großeltern und der hübschen Kammer, von den Eltern und Geschwistern – und dann auch noch von Robert.

Heute also der Abschied von der Insel!

Anke ließ sich von der Großmutter die Basttasche mit Eiern und Wurstbrot vollpacken.

„Es wird ein weiter Marsch, Robert. Du mußt laufen bis ans Ende der Welt.“

„Kein Problem“, sagte Robert, „mit dir und der Verpflegung.“

Großmutter Hiesgen sah die beiden an und sagte zu Anke: „Vergiß Großvater nicht. Er wird auf dich warten.“

„Wo ist er denn?“

„Seit heute morgen spricht er kein Wort. Zum Friedhof wird er gegangen sein, er hat die Gießkanne mitgenommen."

„Wir sind rechtzeitig zurück", sagte Anke.

Es war ein wolkenloser Sommertag, sehr warm, und doch spürte man, daß auch der Sommer mit dem Abschiednehmen begann.

Anke führte Robert einsame Wege. Sie gingen am Bodden entlang, sahen die Vogelinsel, ein flaches, grünes Eiland, auf dem Tausende Vögel nisteten, liefen durch die Heide, in der das Heidekraut schon am Verblühen war. Sie liefen nach Süden. Erst hinter dem Dorf, in dem es keine Straßen gab, bogen sie zum Seestrand ab. Hinter dem Dorf war der Strand nicht mehr so voll Menschen.

Auf ihrer Wanderung sprachen sie nicht viel, manchmal gingen sie Hand in Hand, Robert trug die Basttasche. Anke erklärte Robert hin und wieder Eigenarten der Landschaft.

Tief im Süden der Insel, wo sie allmählich auszulaufen beginnt in eine flache Sandbank, fanden sie versteckt hinter den Dünen ein Stück Wiese. Die Sonne brannte hier im Windschatten besonders heiß, krüpplige Kiefern spendeten Schatten, rochen betäubend nach Harz und ausgetrocknetem Holz.

Anke meinte, hier sei ein wunderbarer Platz, hinter den Dünen sei gleich das Wasser. Sie stellte die Basttasche unter einen Baum und prüfte das trockne Gras. „Hier können wir uns ausruhen, Robert. Und dann schwimmen wir", sagte sie.

Robert sah zu ihr hinunter. Sie erschien ihm plötzlich ganz anders. Ihre Bewegungen waren gelöst. Die Bräune auf ihrem Gesicht wirkte, als hätte man die Haut mit einem Schimmer Gold überzogen.

Er kniete sich neben sie hin und drückte sie sanft an den Schultern ins Gras. Sie lächelte und schloß die Augen.

Über ihnen strahlte der durchsichtige Mittagshimmel, und eingehüllt waren sie in die Wärme des Dünenwaldes.

Es gab keine Fragen und keine Zweifel mehr auf dem Gras unter den Kiefern.

Der Tag war viel zu kurz. Das Wasser kühlte, und die Sonne brannte die Haut wieder trocken. Die Lippen waren rissig vom salzigen Wasser und noch mehr von den Küssen.

Schläfrige Ruhe gab es auch, Nebeneinanderliegen unter den Bäumen, Hinaufsehen zum klaren Himmel, an dem manchmal Möwen und Wildgänse flogen.

Dann kam noch am späten Nachmittag der weite Rückweg über die Insel. Hin und wieder ein paar Sätze. Unsinnige, zärtliche Worte. In der halbdunklen Küche sagte Großmutter Hiesgen: „Großvater hat Wein aus dem Keller geholt."

„Ich werde dann gehen", sagte Robert.

„Bleiben Sie mal. Er will's auch", sagte die alte Frau.

Schweigsam war Anke an diesem Abend und zärtlich zu allen.

Der Großvater sagte brummig: „Nun ja, jetzt gehst du also in die Welt."

Am späten Abend kam Anke mit Robert zu Erich Hiesgens Haus. Ein schmaler Mond stand am Himmel. Anke hielt Robert fest. Das Feuer des Tages war noch nicht erloschen.

„Ich hab's genau gewußt, jetzt ist alles viel schwerer", sagte Anke.

„Hast du gewußt, daß es so kommt?"

„Ja, als wir losgingen am Morgen, hab ich's gewußt."

„Bereust du's?"

„Warum? Ich hab's ja gewollt."

„Und morgen?"

„Morgen ist der letzte Tag für uns."

Er ging mit ihr zurück zum Haus der Großeltern. Sie konnten sich noch lange nicht trennen im Schatten des alten Fliederstrauches.

Robert lief an den Strand und setzte sich an die Düne. Er schlief dort ein und erwachte, als es hell wurde. Er zog sich aus und schwamm lange. Anke hat recht, dachte er, jetzt ist alles noch schwerer.

Während der Überfahrt saßen sie im Heck des Postbootes, unter ihnen lärmte der Dieselmotor. Auf der Motorradfahrt über die große Insel war es ihnen auch nicht möglich zu sprechen. Robert fuhr schnell. Hinter dem Damm und der Brücke, in der Stadt schon, atmete er auf, als hätte er es nun geschafft, als sei jetzt alles erledigt.

Anke dirigierte ihn durch schmale Einbahnstraßen zum alten Markt. Robert bockte die Maschine auf und nahm den Sturzhelm ab. Ankes Gesicht hatte sich im scharfen Fahrtwind gerötet. Sie wischte die Tränen aus den Augen. „Du bist gefahren, als hätten wir Verfolger hinter uns. Wär ich fromm, hätte ich angefangen zu beten."

Robert lachte. „Die Maschine ist eben schnell." Er betrachtete das Rathaus. „Das hab ich schon manchmal auf dem Bildschirm gesehen", sagte er.

„Den Leuten hat damals wohl Geld gefehlt, und da haben sie bloß die Fassade gebaut", erklärte Anke. „Damals sparsam, heute originell. Hat eine ungeheure Anziehungskraft auf Touristen. Siehst ja, wie sie gucken und knipsen."

„Du hast ja auch die Kommode fotografiert", warf Robert ein."

„Ganz was anderes. Ein Gebäude im Aufbau. Das war nicht so Routine-Tourismus wie das, was du hier siehst. Das streite ich ab."

„Na schön", sagte Robert, „es war nicht so."

„Dann zur nächsten Sehenswürdigkeit." Anke wollte weitergehen.

„Mal langsam. Auch ich hab meine Wünsche", sagte Robert, „ganz spezielle. Wo arbeitet dein Vater? Wo deine Mutter? Was es zwischen diesen Punkten an besonderen Gebäuden, alten Gassen, Kirchen und ähnlichem gibt, erklärst du mir."

Anke sah Robert abwägend an. „Du willst also auch nicht ausgetretene Touristenpfade wandeln."

Sie liefen über den Marktplatz, am Rathaus vorbei, bogen in eine schmale Straße ein. Anke verschwand einen Moment in einer Buchhandlung und kam mit einem bunten Heft heraus.

„Schenk ich dir", sagte sie, „hier drin steht alles geschrieben, was wissenswert ist über unsere Stadt. Sogar ein paar Schnurren aus alten und neuen Zeiten. Nur eins steht nicht drin, Robert. Schnuppere mal. Hier riecht's einmalig. Nach altem trockenem Holz, nach Kaffee, nach Tang. Riechst du das auch?“

Robert schnupperte gehorsam. „Es riecht so, tatsächlich.“

Ihm gefiel diese Stadt, und nicht nur, weil Anke hier zu Hause war.

Auf dem Weg zur Werft, wo Ankes Vater arbeitete, kamen sie durch alte Gassen, in denen ehrwürdige Bürgerhäuser standen. Hier und da sahen sie renovierte Fassaden. „Um die mittelalterliche Innenstadt zu erhalten, gibt man hier viel Geld aus“, sagte Anke. Der eigentümliche Geruch nach altem Holz, Kaffee und Seetang schien aus den uralten Höfen zu kommen, hatte sich dort wahrscheinlich seit Jahrhunderten festgesetzt. Als sie die Speicher des Hafens sahen, blieb Anke plötzlich stehen. „Robert, Briefe nach Moskau sind ein paar Tage unterwegs.“

„Man kann auch Luftpost schicken, das geht schneller.“

Sie liefen am alten Hafenstrom entlang, bogen in eine holprige Gasse ein, und Anke zeigte ein Kloster mit niedrigem Turm. Sie erzählte ihm, daß die Höhe der Kirchtürme streng festgelegt wurde im Mittelalter, sie richtete sich nach der Macht und dem Einfluß der jeweiligen Gemeinde. Das Kloster hatte demnach nicht besonders viel zu sagen gehabt in der Politik der Stadt.

Unvermittelt wechselten sie aus dem Mittelalter in die moderne Industriewelt über. Sie standen vor der Werft.

„Ich rufe meinen Vater an. Vielleicht kann er auf einen Sprung rauskommen“, sagte Anke.

„Meinetwegen?“ fragte Robert, „ob er das nicht übelnimmt?“

„Meinetwegen auch“, sagte Anke, „wir haben uns schon eine Woche nicht gesehen. Und in vier Tagen ...“

Sie ging zum Werfttor.

Robert setzte sich auf eine Bank. War er mit Anke zusammen, vergaß er die bevorstehende Trennung. Ihre Gegenwart verdrängte die Gedanken daran. Jetzt war er allein, und er wußte, alles, was in diesen Stunden geschah, bereitete schon den Abschied vor.

Da kam Anke mit einem Mann aus dem Tor, der nicht viel größer war als sie. Im Gehen nahm er seinen weißen Schutzhelm ab und fuhr sich durch das dichte schwarze Haar. Robert dachte an Bogner, der auch so einen sauberen Schutzhelm besaß.

Anke stellte vor: „Mein Vater. Das ist Robert."

„Sie haben sich einfach nach hier aufgemacht", sagte der Mann, „so was gefällt mir. Unsere Anke hat uns nicht wenig von Berlin und Ihnen erzählt. Sie hat mich geradezu neidisch gemacht. Wie oft war ich in Berlin, aber gesehen hab ich nicht viel. Immer den Kopf voll mit Berufsangelegenheiten. Aber nun hab ich's mir vorgenommen: Bald wandeln wir auf euren Spuren." Franz Czerwenka lachte, Anke hatte sich bei ihm eingehängt. „Er nimmt sich immer sehr viel vor, mein guter Papa", sagte sie.

„Sie wird frech und anzüglich. Das macht sie gern. Sie glaubt mir nämlich nicht, daß ich in vier Jahren mindestens dreimal in Moskau aufkreuzen werde. Aber sie wird sich täuschen, sie kennt ihren Vater überhaupt nicht."

„Sie kennt ihn fast zu gut", sagte Anke lächelnd.

Das waren nun Vater und Tochter. Auf den ersten Blick hätte man das kaum vermutet, so wenig Ähnlichkeit hatten sie miteinander. Franz Czerwenkas Bewegungen waren rasch. Das dunkle Gesicht, die schwarzen Haare, die starken Augenbrauen, nichts davon besaß Anke. Nur die Augen. Die hatte sie vom Vater, die dunklen, lebhaften Augen.

Franz Czerwenka bedauerte, daß er Robert nicht wenigstens einen Teil der Werft zeigen könne, doch dazu bedürfe es einer Genehmigung. Das sei in gewisser Hinsicht berechtigt, man produziere ja Exportgüter, aber es werde hier mit norddeutscher Sturheit und nervtötender Korrektheit übertrieben. Nicht mal er, ein Abteilungsleiter, könne da was erreichen, alles ginge den vorgeschriebenen Weg.

„Sein ständiger Ärger, die norddeutsche Sturheit", sagte Anke, „dabei lebt er hier schon über zwanzig Jahre und möchte gar nicht fort und hat dazu so eine Norddeutsche geheiratet."

Franz Czerwenka zuckte mit den Schultern. „Was soll ich machen? Ich bin nun mal gefesselt. Durch die, die hier an mir herumzerrt, auch. Muß mich eben fügen. Robert, ich warne Sie. Denken Sie immer an mein Schicksal."

Er schaute auf die Uhr, bedauerte, daß er nur so kurz Gelegenheit hatte, mit Robert zu sprechen, und fragte, ob er am

Abend hierbliebe. Robert war unschlüssig. Anke meinte, er könnte schon hierbleiben.

„Natürlich bei uns", sagte Franz Czerwenka, „das Jungenzimmer ist ja frei. Die sind noch im Gebirge. Wir brechen einer Flasche Rotwein den Hals. Das hab ich mir übrigens hier angewöhnt, diese Rotweinsauferei. Korn und Rotwein. So was kannte ich früher nicht."

„Wie Mama aber erzählt, kanntest du Sliwowitz und ähnlich hochgeistiges Zeug sehr gut", spottete Anke.

„Du kannst doch überhaupt nicht mitreden", protestierte der Vater, „ich weiß gar nicht, wie du in Moskau bestehen willst, so ohne Kenntnis der landesüblichen Schnäpse."

„Das ist kein Problem", sagte Anke, „in Berlin hab ich schon Wodka getrunken in einer Kneipe, die heißt ‚Gockelbar'", und sie sah Robert vielsagend an.

In der „Gockelbar". Noch keinen Monat war es her.

Franz Czerwenka verabschiedete sich. Anke gab ihrem Vater einen Kuß. Am Tor schwenkte er den Helm. Anke winkte. Robert dachte: Mit dem würde ich mich auch verstehen.

Anke schlug vor, sich die Werft vom Damm aus anzusehen, von dort hätte man einen guten Überblick. Sie stützten sich auf das Geländer an der Brückenauffahrt. Hinter ihnen fuhren in rascher Folge die Fahrzeuge. Robert hatte jetzt die fertigen und halbfertigen Schiffsleiber vor sich, die ihm aus der Ferne wie Spielzeug erschienen waren. Aus Fernsehsendungen wußte er, daß hier Fischfangschiffe für tropische Gewässer gebaut wurden. Er hörte den Arbeitslärm der Werft und sah einen Teil der Betriebsamkeit eines großen Werkes. An einem Schiffsrumpf glänzten Hammer und Sichel. Robert stellte sich vor, welche Häfen dieses Schiff anlaufen, auf welche Meere es hinausfahren würde. Anke riß ihn aus seinen Gedanken. Sie zeigte auf das Gewirr der Hallen und Werkstraßen und versuchte Robert zu erklären, wo ihr Vater arbeitete.

Robert sagte: „Dein Vater ist ein guter Kumpel."

„Ja, das kann man sagen", stimmte Anke zu, „manchmal ist er zu sehr Kumpel, zum Leidwesen meiner Mutter. Er macht alles mit, bei ihm gibt es keine künstliche Grenze. Er ist oft spontan, und manches schöne Abenteuer, manchen überraschenden Tag haben wir seinen plötzlichen Einfällen zu verdanken. Oft auch zum Leidwesen meiner Mutter. Aber sie hat immer mitgemacht, denn insgeheim hat sie das gern, wenn sie auch selbst nie so sein kann. Andererseits braucht mein Vater manchmal ihr, wie er sagt, stures norddeutsches Nein. Sie ergänzen sich ganz gut."

Robert spürte, Anke sprach gern über ihre Eltern, sie hatte anscheinend schon oft über sie nachgedacht. Er begann zu begreifen, warum sie zu ihm so zurückhaltend war. Sie hatte das Leben in ihrer Familie vor Augen, sie wollte nichts leichtfertig aufs Spiel setzen.

Robert wollte viel von den Eltern wissen. Es war überhaupt das erstemal, daß er für Leute, die älter waren als er, ein besonderes Interesse hatte. Er fragte: „Wie ist dein Vater hierhergekommen?"

Anke berichtete: „Während des Krieges lag er hier im Lazarett. Zu Hause war er in Oberschlesien. Wie meine Mutter sagt, haben sie sich während seines Lazarettaufenthaltes kennengelernt. Es muß sofort eine große Liebe gewesen sein. Das hat mein Großvater erzählt, der am Anfang mit dem schwarzhaarigen Slawiner, wie er ihn nannte, nichts zu tun haben wollte. Er hat ihn sogar einmal aus seiner Fischerhütte hinausgeworfen. Na, du kennst ja meinen Großvater. Der Slawiner aber tauchte zwei Jahre nach dem Krieg wieder hier auf, und Fischer Hiesgens Tochter und er haben geheiratet. Ich glaube, meine Mutter hat auf ihn gewartet. Sie hat so eine unerschütterliche Zuversicht, wenn sie sich etwas vorgenommen hat. Und den zu heiraten, das hatte sie sich eben in den Kopf gesetzt. Großvater soll zunächst seine Tochter in Acht und Bann getan haben, aber nicht sehr lange. Dickschädel gegen Dickschädel, da war nicht viel zu machen. Später hat er sich an mir schadlos gehalten. Mein Vater war Schlosser, und solche Leute wurden überall gebraucht. Er ging auf die Werft, wurde dann Meister, studierte abends und feiertags und ist jetzt Ingenieur."

„Und deine Mutter?"

„Sie ist Lehrerin und stellvertretende Schulleiterin. Wir werden dann zu ihr gehen. Sie bereiten das neue Schuljahr vor. Jeden Tag Sitzungen. Ihren Beruf hat sie auch ihrem Dickschädel zu verdanken. Großvater wollte aus ihr eine

Verkäuferin machen. Das waren seine Pläne, und sie hatte andere. Meine Mutter ist eine gute Lehrerin, und das, Robert, nicht nur in der Schule. Ich habe noch zwei Brüder, Zwillinge, vierzehn Jahre alt, ulkige Knochen, sage ich dir. Die sind aber jetzt im Gebirge, in Thüringen, dorthin hat's eine Schwester meines Vaters verschlagen. So, jetzt weißt du ziemlich alles über unsere Familie."

„Eine ideale Familie", sagte Robert.

„Ich weiß nicht", sagte Anke, „eine normale vielleicht. Da war manche Klippe zu überwinden. Als Kind hab ich das nicht gespürt, oder es wurde von mir ferngehalten, doch in den letzten Jahren waren sie sehr offen zu mir. Sie hatten's nicht leicht."

„Was hatten sie nicht leicht?" fragte Robert.

„Die angespannte Arbeit, Vaters Eingewöhnung."

„Und zwischen den beiden?"

Anke lächelte. „Da ist es noch so, als wären sie erst ein Jahr zusammen. Meine Freunde staunen immer wieder darüber. Da gibt es so eine hübsche Spannung, man spürt das in jeder kleinen Geste. Allotria ist das nicht." Sie brach ab und schwieg. Robert dachte: Sie hätte am liebsten weitergesprochen, und dann hätte sie wahrscheinlich gesagt: So möchte ich auch mal mit einem Mann leben.

Sie wies noch einmal auf die Werft mit der alten Stadt im Hintergrund. „Hier hast du auf einen Blick das Besondere für uns, die Lage am Meer, die Vergangenheit mit bestimmten Traditionen, die nicht die schlechtesten sind, und hier die neue Werft und die Marineschule und manches andere. Aber auch die Glockentürme über unseren Köpfen mit ihrem Läuten und die berühmte Orgel in der Marienkirche. Schade übrigens, wenn es heute ein Orgelkonzert gäbe, ich würde dich mitschleppen. Stellwagenorgel. Verstehst du was davon?"

„Nein", sagte Robert, „aber vielleicht gefällt mir so was auch, wenn ich's kennenlerne."

Robert hätte Stunden hier auf dem Damm ausgehalten. Immer mehr Einzelheiten entdeckte er, auf der Werft, in der Silhouette der Stadt. Sie wollten aber noch zu Ankes Mutter. Diesmal durchquerten sie die Altstadt auf einem anderen Weg, und wieder hatte Anke zu erklären.

Die Schule, in der die Mutter arbeitete, lag inmitten neuer

Wohnviertel. Hochhäuser standen dort, es sollte noch viel gebaut werden. Von den Hochhäusern müßte der Blick weit hinausgehen auf das Meer, meinte Robert.

„Bis in meine Kammer bei Großvater möchte ich sehen", sagte Anke, „das wird mir alles fehlen in den nächsten Jahren."

„Möchtest du später in so einem Wohnhaus wohnen?"

„Nur ganz oben, Robert. Aber warum heute daran denken."

„Gerade heute. Weil du doch bald abfährst. In ein paar Jahren kommst du wieder. Dann wirst du hier leben."

„Hier wohl nicht", sagte Anke, „das wird nicht gehen."

„Wo dann?"

„Es wird eine Universitätsstadt sein. Ich werde sie mir nicht so einfach aussuchen können."

„Berlin ist auch eine Universitätsstadt", sagte Robert. Er fing an, sich eine neue Welt aufzubauen, eine Welt, die erst in ein paar Jahren Wirklichkeit werden könnte.

Doch da fragte Anke: „Mußt du immer in Berlin bleiben, Robert? Dein ganzes Leben?"

Er schwieg betroffen. Noch nie war ihm der Gedanke gekommen, daß er einmal woanders leben und arbeiten könnte.

„Ich muß nicht immer in Berlin bleiben", sagte er zögernd, „das kommt darauf an."

Anke fragte: „Worauf kommt es an?"

„Man wird ja sehen", meinte Robert, „es ist zu früh, über so was zu sprechen."

„Und wann wäre es nicht mehr zu früh?"

Robert sah sie an. „In vier Jahren oder in fünf."

Sie betraten das Schulgebäude. Es war seltsam, durch die leeren, blankgebohnerten Korridore zu gehen. Sie traten unwillkürlich vorsichtig auf. Robert erinnerte sich an das dumme Gefühl, wenn er sich verspätet hatte und allein durch stille Schulkorridore schlich.

Sie trafen Ankes Mutter im Sekretariat des Direktors. Sie war allein, stand vor der Stundenplantafel und steckte farbige Holzplättchen in bestimmte Felder, dabei hielt sie in der linken Hand eine Zigarette etwas von sich ab, das gab ihr ein merkwürdig lässiges Aussehen. Als sie ihre Tochter und den jungen Mann gewahrte, trat sie ohne Hast an den Tisch und drückte die Zigarette aus.

Robert dachte überrascht: So wird Anke einmal aussehen. Mutter und Tochter waren sich verblüffend ähnlich, der gleiche Wuchs, die gleiche Haltung, das gleiche blonde, schöne Haar. Frau Czerwenka aber hatte helle, forschende Augen.

Sie kam jeder Vorstellung zuvor und sagte: „Sie sind, ich werde mich kaum irren, Robert aus Berlin."

„Genau, der bin ich."

„Sie brauchen sich nicht zu wundern. Es ist nicht besonders schwer, Sie zu erkennen. Meine Tochter hat Sie ziemlich genau beschrieben."

Anke sagte: „Mama behält jede Einzelheit im Gedächtnis."

„Das ist schließlich nicht ganz unwichtig in meinem Beruf."

Robert empfand eine unerklärliche Scheu vor dieser Frau. Ihr Händedruck war kurz, ihr Blick beharrlich und prüfend auf ihn gerichtet. Sie forderte beide auf, es sich bequem zu machen, bot Zigaretten an und holte aus dem Schrank eine Kaffeemaschine.

Auf die Frage ihrer Tochter, wie lange sie heute noch zu arbeiten habe, sagte sie: „Der Stundenplan muß heute unbedingt fertig werden. Da gibt es kein Ausweichen mehr." Sie seufzte. „Wer einmal so einen Plan gemacht hat, weiß, daß es eine besondere Wissenschaft, ja fast schon Kunst ist. Bis zuletzt sind noch Überraschungen möglich, und sei es nur eine unvorhergesehene Schwangerschaft bei einer Kollegin."

Frau Czerwenka fand keinen Kaffee mehr und bat ihre Tochter, schnell im Konsum gegenüber ein Paket zu kaufen.

Robert wollte Anke begleiten. Doch Frau Czerwenka hielt ihn zurück. „Bleiben Sie doch. Ich möchte mich gerne mit Ihnen unterhalten." Sie nahm ihm gegenüber Platz.

„Sie wissen, daß Anke in wenigen Tagen wegfährt?"

„Ich habe es vorgestern erfahren."

„Sie dürfen ihr den Abschied nicht noch schwerer machen."

„Das will ich nicht", sagte Robert, „ich kann verstehen, daß es ihr sehr schwerfällt fortzugehen."

„Und nun sind Sie noch dazugekommen."

„Ich wollte heute schon fahren", sagte Robert, „aber Anke und Ihr Mann haben gesagt . . . Morgen werde ich fahren."

„Freilich bleiben Sie heute bei uns. Platz haben wir im Augenblick genug", sagte sie lächelnd. Dieses Lächeln verdrängte Strenge und Abgespanntheit aus ihrem Gesicht. Sie lehnte sich zurück. Robert dachte, daß Franz Czerwenka schon gewußt hat, warum er damals zu dieser Frau zurückgekommen ist. Sie ist heute noch schön.

Sie sagte: „Unsere Anke hat durch das Auslandsstudium große Möglichkeiten. Ich glaube, sie hat das noch nicht ganz begriffen. Das ist auch nicht so einfach, wenn man gerade zwanzig wird. Das fremde, große Land. Das ist natürlich ein Abenteuer. Sie wird an große Maßstäbe gewöhnt, sie hat sich an Ort und Stelle mit den Lebensgewohnheiten eines anderen Volkes vertraut zu machen, sie wird dort leben, anders leben als hier bei uns. Auf dieses Andersleben kommt es doch an. Sie wird großzügiger denken lernen, und, ich kenne Moskau etwas, sie kommt in eine Stadt, die tatsächlich ihresgleichen nicht hat. Und das Wichtigste: Ihre Liebe zur russischen Sprache und Literatur – ich muß gestehen, ich habe dafür keine besondere Neigung – kann sich dort am besten entfalten. Sie könnte eine gute Slawistin werden. Das ist auch ihr Ziel. Sehen Sie, Robert, deswegen haben wir Anke in ihrem Vorhaben unterstützt, über Jahre hinweg vorbereitet, manchen eigenen Einwand haben wir unterdrückt und gegen manche andere Beeinflussung, so gut sie gemeint war, angekämpft. Und nun sind Sie zu guter Letzt noch ins Spiel gekommen. Ein Mann! Den liebt man vielleicht."

Die Frau schwieg, blickte zum Fenster hinaus, vielleicht war in ihrer Erinnerung die Zeit vor über zwanzig Jahren aufgetaucht.

Robert hatte nun alle Scheu verloren.

„Sie haben recht", sagte er, „was sollen wir aber machen?"

„Im nächsten Sommer", sagte sie, „hat Anke den ersten großen Urlaub."

Anke kam zurück. „Da habt ihr also über mich geredet", stellte sie fest.

„Haben wir", sagte die Mutter, „das heißt, ich habe geredet."

Beim Kaffee berichtete Anke über Großvater und Großmutter, über die täglichen kleinen Streitereien der beiden Alten, die die Mutter aber nicht ganz so leicht nahm, und sie legten sich durch die Anwesenheit Roberts keinen Zwang auf. Er bemerkte, daß sich das Verhältnis Ankes zu ihrer Mutter sehr von dem zu ihrem Vater unterschied. Es war ruhig und sachlich. Zwischen Mutter und Tochter schien alles klar und übersichtlich zu sein. Er konnte sich nicht vorstellen, daß sie miteinander scherzen und Unsinn treiben könnten, wie er es bei der Begegnung mit dem Vater erlebt hatte. Anke würde sich wahrscheinlich von ihrer Mutter nicht mit einem Kuß verabschieden. Aber so war sie. Einmal das spöttische, lustige Mädchen, das ihren Vater neckte, und hier die ruhige, sachliche Anke, ernst und beherrscht. Vor dem jäh auftauchenden Gedanken, daß er sie morgen früh verlassen mußte, erschrak er zum erstenmal tief.

Dem aufmerksamen Blick Frau Czerwenkas entging das nicht. „Ist Ihnen nicht gut? Vertragen Sie die Schulluft nicht mehr?“ Sie empfahl ein kräftiges Mittagessen im Ratskeller, gab noch andere Ratschläge, was sie am Nachmittag unternehmen könnten, ging aber nicht weiter auf Roberts verändertes Aussehen ein. Hatte sie den wahren Grund erraten?

Am Nachmittag bummelten Robert und Anke durch die Stadt, recht schweigsam, und wenn sie sprachen, dann vermieden sie es, den nächsten Tag zu erwähnen. Auf der Uferpromenade, von der man einen weiten Blick auf den Sund hatte, suchten sie am Horizont die schmale Insel. Sie entdeckten Bäume, die aus dem Wasser zu wachsen schienen.

„In dieser Richtung liegt unsere Insel“, sagte Anke, „an manchem Tag ist die Sicht noch besser. Wirst du vergessen, was dort war?“

Robert legte den Arm um ihre Schultern und zog sie an sich. Auf der Promenade – es gingen viele Leute spazieren, es war nach Feierabend – nahm Robert sie in die Arme und küßte sie.

Es mag sein, daß da mancher auf dieser sommerlichen Promenade den Kopf schüttelte und sich innerlich oder auch vernehmbar über die heutige Jugend entrüstete. Doch was wußte er schon über diese beiden, die da für ein paar Augenblicke alles um sich herum vergessen hatten.

Sie fuhren mit dem Motorrad durch die schmalen Gassen, Anke wies den Weg, und stoppten bald vor dem Häuschen aus roten Backsteinen mit dem dichten Roseneingang.

Franz Czerwenka empfing sie mit Hallo. Es genügte ihm

nicht, das Motorrad zu betrachten. Er mußte erst damit die Straße hinauf- und hinabbrausen und lobte die gute Maschine überschwenglich.

Robert betrat das Häuschen. Es gefiel ihm, obwohl die kleinen Zimmer für fünf Personen durchaus nicht allzuviel Platz boten. Franz Czerwenka meinte, man müßte doch öfter Besuch haben, dann käme wahrscheinlich er, der doch sehr großen Wert auf eine gute Küche lege, hin und wieder auf seine Kosten.

„Du Armer", sagte seine Frau.

Am Abend saßen sie zusammen, tranken Wein, und Robert fühlte sich gar nicht fremd. Am meisten redete Franz Czerwenka, und es war auch andauernd über ihn zu lachen. Aber jeder vermied, über die kommenden Tage zu sprechen.

Robert sollte im Zimmer der Jungen schlafen. Er besah sich lächelnd die Utensilien der Vierzehnjährigen. Zwei Paar Boxhandschuhe und manches andere, das doppelt anzutreffen war, zeugte von den einheitlichen Interessen der Zwillinge. Ihre Gesichter betrachtete er auf einem Foto, und er hätte die beiden Jungenköpfe schwer auseinanderhalten können. Das Zimmer der Jungen lag unter der Dachschräge, neben dem Ankes. Die Eltern schliefen unten im Haus.

Robert öffnete das Fenster und setzte sich auf einen Hokker, der davor stand. Er sah die Lichter der Werft und der Stadt, Positionslampen der Schiffe, rote Warnlichter an Brücken und Speichern. Ein angenehm kühler Wind wehte von der See her. Dann kam Anke ins Zimmer. Sie nahm einen Stuhl und setzte sich neben Robert ans Fenster. Robert war nicht erstaunt darüber, daß sie kam. Er hatte eigentlich darauf gewartet. Er legte den Arm behutsam um ihre Schultern. So saßen sie sehr lange. Im Werftgelände zuckten Schweißfeuer auf, manchmal heulte eine Schiffssirene.

„Warst du schon in Moskau?" fragte Robert.

„Nein. Und du?"

„Nein. Du kannst gut Russisch?"

„Ich lese Bücher in russischer Sprache. Ob das reicht? Ich weiß es nicht."

„Du wirst dich schon zurechtfinden. Du ja", sagte Robert. „Du wirst viele Menschen kennenlernen. Irgendein Kolja oder Dimitri wird dir gefallen. Ich hab mal einen Film über den Moskauer Kulturpark gesehen, und unser Bogner, der auch dort war, hat uns viel davon erzählt. Tanz an allen Ekken und Enden. Im Winter fahren sie mit Schlitten durch den Wald, mit Schellengeläut und in sausender Fahrt. Du wirst dabeisein, die Schönste von allen. Eine wunderschöne Pelzmütze mußt du dir kaufen. Natürlich finden auch die Professoren und die Dozenten Gefallen an dir. Du wirst die beste Studentin sein, natürlich."

Robert hatte leise gesprochen, mehr zum Fenster hinaus als zu Anke.

„Natürlich wird das alles so sein", sagte Anke spöttisch, „das ganze Leben dort wird ein reines Vergnügen werden. Die Bibliotheken werde ich wie die Pest meiden, dafür aber mache ich alle Kulturparks unsicher. Wochenlang werde ich nur nach einer auserlesenen Pelzmütze suchen. Vielleicht schenkt mir jemand viele Rubel, damit ich mir eine ganz teure kaufen kann, oder vielleicht übergibt man mir die Pelzmütze der Zarin Katharina. Wer weiß? Die Dozenten werden mich in den Vorlesungen und Seminaren nur anlächeln und mich niemals ernsthaft prüfen. Und im Winter wird mir natürlich eine Staatstroika zur Verfügung gestellt. Was für Aussichten für die Studentin Czerwenka."

Sie lachte leise. „Soll ich auch mal spinnen? Der Robert aus Berlin arbeitet in seiner guten Truppe und verdient einen Haufen Geld. Er kauft sich viele schicke Anzüge oder läßt sie sich maßschneidern und zieht über Berlins Tanzböden und durch diverse Bars. Und die Mädchen und Frauen strahlen ihn an. Und dann ist eine dabei, die ist schöner als alle anderen, sie braucht obendrein nicht außer Landes zu gehen. Und wenn sie nicht gestorben sind, so leben sie heute noch."

„Bravo", sagte Robert, „und ich erzähle dir jetzt, wie es in Wirklichkeit aussehen wird. Der Robert geht zur Armee. Wenn er nach Hause kommt, sind achtzehn Monate vergangen, und die kann er schon abziehen von einem anderen Zeitabschnitt. Niemals wird der Soldat Robert in der Zeit seinen Ausgang benutzen, um in Restaurants und Tanzlokalen die Zeit totzuschlagen. Er wird lesen und lernen und eine Prüfung, die er einmal ausschlug, nachholen. Das schafft er natürlich mit eisernem Willen und so. Er hat ja jemanden, der ihm das vormacht. Dann wird er natürlich viele Briefe schreiben. Und wenn er von der Armee zurückkommt, wird er weitermachen. So vergeht am schnellsten eine gewisse Zeit. Das wird die Wirklichkeit der nächsten Jahre sein. Wer's nicht glaubt, der sollte sich schämen."

Anke fuhr ihm durchs Haar. Sie sagte mit der sachlichen Stimme ihrer Mutter: „Wenn wir die Zeit überstehen, dann ist alles in Ordnung."

Sie stand auf, legte Robert die Arme um den Hals und küßte ihn. Er hielt sie fest, küßte sie wieder, sie zitterte, und der Schmerz des Abschieds brach mit Gewalt über ihn herein. Doch es war nichts zu ändern. Es war endgültig.

„Tschüs, Robert."

„Mach's gut."

Sie ging aus dem Zimmer. Er lauschte ihren Schritten, er hörte, wie sie die Tür schloß.

Am frühen Morgen verließ er das Haus. Die Czerwenkas begleiteten ihn bis zur Straße.

„Wenn du noch tanken mußt, die Tankstelle an der Bahn hat schon geöffnet", sagte Franz Czerwenka.

„Kommen Sie gut nach Hause", sagte Frau Czerwenka und ging ins Haus zurück.

Robert trat die Maschine an. Er zog den Riemen seiner Lederjacke eng. Anke gab ihm den Sturzhelm. „Grüß deine Freunde", sagte sie, „und gib mir bitte noch deine Adresse, Robert."

„Ach ja, das hätten wir fast vergessen", sagte er.

Anke hatte das Foto bei sich, das der Bildreporter Reuter an einem heißen Tag im Juli aufgenommen hatte.

„Schreib sie hier drauf", bat sie.

Er sah sich das Foto noch einmal an. Da sitzen sie unter dem Alexander von Humboldt, blinzeln unbesorgt in die Sonne und lecken Eis.

Er schrieb die Adresse auf die Rückseite des Fotos.

Anke gab ihm ein Kuvert. „Hier ist ein Bild von mir drin. Du hast doch keins."

„Danke", sagte Robert. Er setzte sich den Sturzhelm auf und schwang sich auf die Maschine.

Anke trat einen Schritt zurück, hob die Hand, winkte und bemühte sich zu lächeln. So wird Robert sie in Erinnerung behalten.